cornel aur

MANON RHYS

Gomer

Cyhoeddwyd yn 2009 gan
Wasg Gomer, Llandysul, Ceredigion SA44 4JL

ISBN 978 1 84851 106 4

Cydnabyddir nawdd Academi

Dymuna'r cyhoeddwyr gydnabod cymorth
Cyngor Llyfrau Cymru.

Argraffwyd a rhwymwyd yng Nghymru gan
Wasg Gomer, Llandysul, Ceredigion.

Cyflwynaf y gyfrol i'r bois:
Daniel
Mathew
Gruffudd
Joseff
– a'r plentyn sydd ar
fin mentro i'r byd

Gorffennaf 2009

DIOLCH

Christine James, Tony Bianchi, Menna Davies

Mairwen Prys Jones, Gari Lloyd, Gary Evans
a Sulwyn Lloyd yng Ngwasg Gomer

Aled Jones Williams, Catrin Beard, Aled Islwyn

Sioned Davies

Owain, Lleucu, Llio, Tom (a Melfed)

– a hefyd, wrth reswm, Jim

cynnwys

cornel aur

Dwi'n sbio allan ar y machlud, gan sipian joch o'r Chianti Classico bob hyn-a-hyn. Mae hi, Meiledi, yn gwasgu ei hadenydd hardd yn dynn i gornel ffrâm y ffenest. Mae hi'n teimlo'n saff yno, debyg; yn sownd a saff fath ag oedd hi yn ei chocŵn bach clyd. Cocŵn fel crud.

Oes ganddi gof o hynny, tybed? Ydi hi'n medru cofio? Wrth gwrs ei bod hi. Beth arall ond ei chof am wres yr haul ar wydr a sicrwydd cornel ffrâm yn dynn amdani sy'n dod â hi fan hyn bob nos ers wythnos?

Dwi'n siglo yn fy nghadair, yn pendwmpian, ac yn pyslan pethau pwysig fatha cofio – ac anghofio. Pethau'n mynnu aros yn y cof, pethau'n mynd yn angof. Pethau'n sleifio nôl i'ch aflonyddu – i'ch arteithio – gefn nos ac oriau mân y bore, a chithau'n drysu . . .

Dwi'n f'arbed fy hun rhag meddwl am y pethau cas drwy feddwl am bethau braf. Haul ar fryn; rhimyn arian i gwmwl du; goleuni yn y gwyll. Dawnsio yn Limonaia'r Palazzo Pitti, y wisg liw gwin, y sequins fatha sêr a'r goleuadau llachar yn tanio'r mwclis rhuddem.

Ac enwau tlws ar bethau tlws, fatha hi, Meiledi fach. Pili-pala, glöyn byw, iâr-fach-yr-haf. Tlws, mor dlws . . .

Ac yn union fel petai hi'n medru darllen fy meddyliau, mae hi'n stwyrian ryw ychydig, yn ei gwneud ei hun yn fwy cysurus yn ei chornel. A dwi'n rhyfeddu ati eto, yn aur a brau a bregus yn erbyn pinc y cyfnos.

Mae diferyn o win yn disgyn fatha sequin arall ar fy ffrog.

'Sêr lliw gwin dros sidan dy groen ifori.'

Roedd o'n trio bod yn fardd yr adeg honno; yn llwyddo ar ambell ddiwrnod da – yn y dyddiau hirbell hynny a ddaeth i ben.

Mae 'na len dros fy ffenest – llwch a saim yn drwch. Dwi'n plygu mlaen i rwbio twll bach ynddi, fatha twll y clo. Dwi'n rhwbio un bach arall ac un arall eto nes creu myrdd o dyllau bach y clo. A rŵan mae gan fy ffenest len o batrwm polka dot; smotiau o fachlud haul fel brech ar groen.

Dwi'n craffu drwy un o'r smotiau, fel sbio drwy sbienddrych. Dwi'n rhwbio'r gwydr i greu smotyn mwy, fel ffenest gron. Be 'di'r gair am *port hole*, 'dwch? Tydw i ddim yn poeni. Atgof ydi'r 'Iaith' a'r 'Pethe' bondigrybwyll bellach. Yma yn Firenze ydw i rŵan, yn sbio dros y toeon teracota a fu'n pobi yn yr haul. Dwi'n gweld yr hen gyfeillion, y Palazzo Vecchio, y Duomo, to'r Uffizzi; a'r tu hwnt i Ponte Vecchio dwi'n gweld y Palazzo Pitti a llwybrau'r Giardino di Boboli.

Ymhell o dan fy ffenest dwi'n clywed bwrlwm mynd-a-dod y stryd fach gul â'i *alimentari, trattoria, pizzeria, pasticcaria* – damia, ar ôl blynyddoedd o orfod diodda'r diawliaid, dwi'n dal i ddotio ar eu geiriau. Mae 'na refio sgwters, gweiddi, rhegi, canu cyrn; ambell '*Come va*' a '*Ciao*'. Mae rhywun yn chwerthin yn galonnog – a dw innau'n gwenu, isio rhannu'r sbort.

A dyma'r clychau'n dechrau canu: San Spirito,

Santa Maria Novella, Santa Croce, Santa Maria del Fiore – dwi'n 'u nabod nhw bob un.

Mae hi Meiledi'n stwyrian eto, yn lledu'i hadenydd fymryn ac yn troi yn ei hunfan, a'i gosod ei hun ar ongl newydd yn ei chornel. Y clychau wedi'i deffro? Ydi hi'n medru clywed? Neu ella bod ei byd yn ysgwyd â phob trawiad trwm?

Dwi'n sbio ar y ceiliog dandi ar wddf y botel. Mae o'n wincio arna i, y cr'adur powld; yn rhoi'r go-ahéd.

'Iechyd da, 'rhen gont!'

Damia fo â'i watwar a'i hen araith front. Dyna fo eto, yn sbio arna i'n gam ac yn gneud hen synau gwirion 'Coc-a-dwdl-dŵ!' Ond dwi 'di arfer efo'i giamocs a dwi'n tynnu 'nhafod arno fo cyn troi'i wep o at y wal yn swta. Dangos iddo pwy 'di'r bòs.

Rŵan mae'i gefn o ata i, dwi'n codi 'ngwydryn ac yn sipian un sip hir . . . A throi'r melyster chwerw rownd fy nhafod, dros fy nhaflod . . .

'Mi losgodd Nain bach Sling 'i thaflod.'

Damia fo a'i nain a'u tylwyth melltigedig. Llosged y giwed i gyd. Yn Uffern Dân mae'u lle nhw.

Llyncu. Y surni'n codi pwys . . .

Dechrau siglo eto, a sbio ar y llanast yn fy nhipyn 'stiwdio'. Un gybolfa flêr. Smonach y blynyddoedd. Llestri budron, dillad, llyfrau a phapurau. A phryfetach marw'n drwch dros sil fy ffenest. Morgrug, pryfaid lludw, pryfaid cop. A chwain ers dyddiau'r ast.

Faint sy ers hynny? Chwe mis? Neu fwy? Neu lai? Ond be 'di'r otsh? Dŵr dan bont. Gast dan Bonte Nuevo. Gast ddrewllyd, biwis. 'Gast nasti', chwedl yntau. Ond roedd hi'n gwmni.

Creaduriaid bach difywyd sy'n gwmni imi bellach. Myrdd o greaduriaid hyll a hardd ar sil fy ffenest. Ambell un yn sownd mewn gwe. Hen, hen we. Fatha hen, hen wae. Yn methu gneud dim byd ond marw.

Mae Paolo a Francesca wrthi'n gynnar heno, yn lladd ei gilydd fyny grisiau. Tro'r bychan fydd hi wedyn. Ei droi yn gocyn hitio rhwng y ddau. Dyna'r drefn. Dyna mae o'n 'ddisgwyl. Dyna pam mae o'n sgrechian – isio pawb i wbod. Isio help. A phawb *yn* gwbod. Yn clywed y dyrnu a'r hyrddio, yn gweld ôl y cleisio. Ond neb yn gneud dim byd heblaw swnian, a throi clust fyddar a llygad dall, chwedl Mam erstalwm. Bechod drosto, y bambino bach.

Mi ddylwn i neud rhwbeth. Cwyno. Dwrdio. Deud wrth yr awdurdodau.

Mi wna i fory.

Dwi'n codi'r botel at y lamp fach egwan wrth f'ysgwydd. 'Mond gwaddod sy ar ôl. Gair da. Odli efo 'gwirod'. 'Sorod'. Hitio'r gwaelod.

Mae'r ceiliog dandi yn fy herio: 'Tyd o'na – potel arall!' Ond sgin i'm un. A dim pres i fynd i brynu un. A dwi'n gwylltio efo fo a'i sen a'i grechwen ac yn ei sodro dan y bwrdd. Efo'i ffrindiau. Dyna'u lle nhw, damia nhw.

Dwi'n sbio eto drwy fy ffenest. Mae hi'n tywyllu'n gyflym rŵan, y toeon yn troi'n lludw, y cysgodion yn llyncu'r piazzas, a dim ond silwéts i'w gweld yn erbyn yr awyr binc. Ond mae gerddi'r Boboli'n ddisglair o hyd.

Mae'r twrw'n tarfu ar yr harddwch: Paolo a

Francesca'n rhegi, y bambino'n sgrechian, sŵn lluchio a malu, Ricardo'r cawr yn bygwth a bytheirio o lawr grisiau, a'r ddynes wirion dros y coridor yn sgrechian rhegi'n uwch na neb. Yr un hen stori. A'r un hen ddiwedd fydd iddi – popeth yn tawelu'n sydyn, Paolo'n ymbil am faddeuant, Francesca'n maddau iddo yn ei dagrau, Ricardo a'r hen ddynes wirion yn sleifio'n flin i'w stafelloedd ac yn cau eu drysau'n glep. Mi fydd y bambino'n cadw'n dawel yn ystod cwsg meddw ei rieni ac yna mi fyddwn ni'n dau'n gorfod diodda sŵn mochyndra'u caru.

Ac yna mi fydd pawb yn hapus.

Tan tro nesa.

'Fydd 'na ddim "tro nesa".'

Ar risiau Santa Croce oedden ni. Y fi a fo – fy ngŵr.

Dwi'n gwingo. Fel ddaru mi pan fyseddodd o 'nhalcen i'r diwrnod hwnnw a sibrwd, 'Dwi'n addo iti, ar fy marw . . .'

A'r hen Dante'n sbio lawr yn gam o'i bedestal, a'r olwg sarrug ar ei wep yn gneud imi wenu.

'Wyt ti wedi madda i mi felly,' medda fo eto.

'Pam ti'n credu hynny?' medda fi.

'Dy weld di'n gwenu'n ddel.'

Ddeudis i ddim byd, 'mond gadael iddo fo afael yn fy llaw a mwytho'r fodrwy aur a sbio i fyw fy llygaid.

'Ac mi wyt ti'n ddel drybeilig.'

Mi o'n i, hefyd, yn fy ffrog haul las, a 'nghroen 'ifori' yn frown ar ôl pnawniau o dorheulo ar lawntiau'r Boboli.

'Ma'n flin gin i,' medda fo wedyn. 'Am bob dim.
Yn enwedig am dy frifo di. Achos dwi'n dy garu di,
ti'n gwbod hynny. A dyna pam dwi isio iti ddŵad efo
fi – rŵan hyn – draw fan'na! Tyd!'

Dwi'n sylwi'n sydyn bod Meiledi'n fflapian ei
hadenydd. Dim byd mawr – 'mond ei hatgoffa'i hun ei
bod yn fyw.

Dwi'n codi'n drwsgl, yn rhoi un droed boenus o
flaen y llall ac yn llusgo'n simsan at y cwpwrdd
marmor wrth fy ngwely. Dwi'n agor y drôr top ac yn
gafael yn y bocs bach du. Erbyn imi eistedd eto mae
hithau nôl yn swatian yn ei chornel.

Dwi'n trio agor y caead; y dwylo musgrell 'ma'n
hen glymau tyn. O'r diwedd dwi'n chwilota ymhlith y
trugareddau – fy jiwals prin. A dyma fo'r darn papur,
wedi'i sgrwnshio'n ddidrugaredd. Dwi'n ei agor, yn ei
smwddio â chledr fy llaw ac yn darllen y llythrennu
cain: *The Gold Corner, Piazza di Santa Croce, Firenze.*
A rhyfeddu, fel ddaru mi'r diwrnod hwnnw, at y
miloedd lira dalodd o am 'y freichled hardda'n y byd'.
A dwi'n gafael ynddi, yn ei throi rhwng fy mysedd a'i
chodi at y ffenest. Ond does 'na fawr o olau erbyn hyn
felly dwi'n ei hastudio o dan y lamp ac yn dotio, fel
ddaru mi'r diwrnod hwnnw, ar y cylch o gloeon
bychain – chwe chlo bach cywrain – wedi'u gosod yn
yr aur.

'Y freichled hardda 'rioed i'r hogan ddela 'rioed.
A'r cloeon bach 'ma, wel'di, yn symbol o'n cariad ni –
y cariad saffa 'rioed . . .'

Clic – ac roedd hi wedi'i chloi am fy ngarddwrn.

'Paid byth â'i thynnu.'

A ddaru mi ddim. Feiddiwn i ddim. Tan y diwedd.

Rŵan, mae un clo wedi'i ddarnio. Ac mae 'na grafiadau ar yr aur, a thydi hwnnw ddim yn fflachio fel y gwnâi erstalwm. Dwi'n poeri arni ac yn ei rhwbio yn fy llawes. Ond i ddim pwrpas.

A be 'di'r otsh? Dan gaead bocs mae'i lle hi bellach. Nes i rywun ddod i glirio'r llanast ar fy ôl. Ac yna, pwy a ŵyr? Ella y bydd rhywun yn ei gwisgo'n falch. Ond sgin i'm awydd meddwl rhagor a dwi'n lapio'r papur sgrwnsh amdani rywsut-rywsut ac yn ei stwffio nôl i'w bocs.

Mae hi'n dywyll yn fy stafell erbyn hyn. Yn dywyll ac yn dawel. Cyfnod y cwsg meddw fyny grisiau. *Nunc dimittis* o gyfnod, a finnau'n siglo'n gysglyd yn y dwys ddistawrwydd.

'*Soporiphic*' – un o'i eiria mawr o. A '*manyana*' a '*carpe diem*' a '*love conquers all*'. A 'paid â dechra nagio'. A 'bitsh' a 'hwren' a 'hen slag'.

Damia, damia, damia fo . . .

Dwi'n cau fy llygaid. Switsh off llwyr. Dim byd ond siglo, siglo . . .

Pan dwi'n agor fy llygaid ac yn sbio drwy fy ffenest dwi'n gweld goleuadau'n wincio mewn ffenestri, ar doeon ac ar dyrau, draw at gyrion y ddinas, at y bryniau pell. Sgwariau o oleuni 'di'r piazzas erbyn hyn, ac mae lampau Ponte Vecchio'n bobian yn y dŵr fel cychod aur. Mae afon Arno'n neidr felen ac mae torchau aur yn troelli fyny bryncyn y Boboli gan ddiflannu dros y dibyn i'r tywyllwch. Ac yn goron ar ben y Duomo mae 'na un lamp enfawr, fatha lleuad Fedi.

Dwi'n disgwyl i'r miri fyny grisiau gychwyn eto. Ond tydi o ddim. Toes 'na'm smic. Dim ond twrw'r stryd islaw.

'Biti garw am y twrw.'

Dyna oeddan nhw'n ddeud, y fisitors. 'Methu'n lân â chysgu winc.' A 'go dila oedd y brecwast.' A'r llofftydd – 'bychan, clawstroffobig braidd.' A'r olygfa – 'gweld dim ond cwteri cul a chefna tai.' Doedden nhw ddim yn cael dod ar gyfyl fan hyn, wrth reswm, a minna 'di rhoi *Private – No Entrance* ar y drws. Fy nghyfrinach i oedd y stafell hon, a'r olygfa drwy fy ffenest.

'Ma'r lle 'ma'n ffiadd!'

Hwnnw oedd y ceubosh. Pobol 'di sylwi ar y chwain; ar ryw bethau hyll – blew a 'winedd – yn y carped; y stafell molchi'n fudr.

'A'r hen ast ddrewllyd yn crwydro'r gegin!'

Bechod drostyn nhw, yn dŵad yma yn un fflyd o Gymru fach. Wedi clywed am 'y llety cartrefol, canolog yn Firenze'; 'lle'r Gymraes ddiddorol, y ddynas o Ddeiniolen.' A doedd gin i'm mynadd 'u cywiro nhw mai un o How-gets Pesda o'n i. Mai dyna fydda i am byth . . .

Mae blinder yn fy llethu. Fatha hi Meiledi, sy'n cysgu yn ei chornel.

Cysgu? Ydi pili-palas aur a thlws a brau yn medru cysgu? A be ddiawl 'di'r otsh?

Dwi'n feddw dwll, dwi'n sylweddoli hynny. Bai'r

hen geiliog dandi – hwnnw ddaru mi ei esgymuno efo'i ffrindiau dan y bwrdd . . .

Dwi'n pendwmpian eto, ond rhwng cwsg ac effro a hanner gweld drwy'r gwyll, dwi'n sylwi ar y we fach fain yng nghornel chwith y ffenest yn crynu'r mymryn lleia, fatha gwawn mewn awel.

Dwi'n craffu eto, yn hanner disgwyl y symudiad nesa . . .

A dyma fo . . .

Coes grwca ddu, yn ymestyn yn robotaidd fatha JCB, cyn plygu'n ddestlus eto. A diflannu nôl i'r we.

Dwi'n estyn am fy ngwydr gwag. Yn chwilota'n ofer am y botel wag . . .

Ac mae'r goes yn ailymddangos, yn ymestyn eto – ac un arall ac un arall nes bod wythgoes yn y golwg, yn sownd wrth delpyn du o gorff . . .

Mae Meiledi'n stwyrian, yn ei gwthio'i hun yn dynnach fyth i'w chornel. Yn synhwyro perygl? Neu'n ei gwneud ei hun yn gartrefol am y nos?

Gwylio, cael fy mesmereiddio . . . Disgwyl gweld y powns, y gwingo, yr adenydd hardd yn fflapio, yn cael eu darnio nes bod dim ar ôl ond parsel wedi'i lapio'n daclus yng nghanol pentwr bach truenus o bowdrach aur.

Blino disgwyl. Codi 'mhen i sbio eto drwy fy ffenest a gweld goleuadau'n fflicran fel canhwyllau. Ac mae'r lleuad Fedi ffug uwchben y Duomo'n dalp o dwyll.

Y mochyndra fyny grisiau sy'n fy neffro. Mae o ar ei anterth, a'r bambino bach a minnau'n gorfod diodda'n ddistaw.

Siglo, siglo . . .

A chael llond bol. Arglwydd Grist o'r Nef, mae gin i reitiach pethau isio'u gneud na siglo yn fy nghadair a smalio gwrando ar fudreddi fy nychymyg! A gweu fy chwedlau bach truenus am Firenze – y dawnsio yn y Limonaia, y *Gold Corner*, y freichled aur a'r fisitors.

Dwi'n gneud ymdrech – codi, casglu'r manion pres sydd ar y bwrdd a'u cyfri. A sylwi ar y fodrwy wen o groen – yr hen, hen graith – sydd ar fy mys priodas.

Troi i chwilio am Meiledi. Dwi'n methu'i gweld hi – ond mae hi yno, tydi? Yn ei chocŵn o we? Dw innau yma, tydw? Yn fy stafell yn Firenze? Os ydan ni, ein dwy, mae gin i joban bwysig isio'i gneud. Rhoi cynhebrwng teilwng iddi: ei chodi'n dyner a'i gollwng drwy fy ffenest a'i gwylio'n fflio ar yr awel. Draw dros y bryniau pell. Ac yna mi ga i afael yn ei llofrudd. Gwthio fy mys i'r crac ym mhren fy ffenest a gwasgu'i gorpws hyll yn shitrws mân. A blasu'r dialedd yn felys fel Chianti Classico.

Fory.

Dwi'n cyfri am yr eildro, yn chwilota'n ffrantig am ragor o ddarnau mân, digon i gael un botelaid o win rhad. Heno, *carpe diem* – a thwll din pob ceiliog dandi. Fory – a dwi'n sbio ar y bocs bach du – bydd fory'n stori arall.

Wrth fynd heibio i'r hen ddrych llychlyd dwi'n gwenu ar yr hogan ddel sy'n dawnsio dan oleuadau Limonaia'r Palazzo Pitti. Mae hi'n mwytho'r cerpyn sydd amdani, yn byseddu'r tipyn sequins – y rheini sydd yn weddill.

'rhyfel angenrheidiol'

i'r menywod mewn du, a fu'n cynnal gwrthdystiadau tawel ar risiau Amgueddfa Genedlaethol Cymru gydol y rhyfel yn Irac;

i Reg a Sally Keys, a luniodd ardd goffa yn Llanuwchllyn i'w mab, Tom, a'i bum cyd-filwr o Gatrawd y Capiau Cochion, yn dilyn marwolaeth erchyll y chwech yn Al Majar Al-Kabir, Irac ym Mehefin 2003;

i benseiri'r rhyfel yn Irac: George Bush a Tony Blair, a'u duw.

a'u duw a lefarodd:
    'di, arch-hebog, hoga arfau uffern, dos a dysga iddynt wersi *shock an' awe*;
    di, was da a ffyddlon iddo, lleda dy grechwen, dangos dy ddannedd iddynt, fel na chwarddant eto;
    gyd-ryfelgwn, swagrwn, palwn ein celwyddau i bridd gardd a fu'n Eden rhwng dwy afon, fel y ffrwydra egin dialedd yn betalau rhudd;
    gyd-ddihirod ar lan dibyn, cyflawnwch y drygioni hwn yn f'enw i, a mawr fydd eich gwobrwyon.'

*

yma yn y dafarn orffwyll, canwn, coethwn, doethinebwn, gan anwybyddu sgrechian mud y sgrin –

21

mamau yn eu cwrcwd poen, y wledd briodas wedi'i
sarnu, dafnau cnawd mewn amdo carped, mwgwd
sach a lifrai oren; busnes fel y bedd yw *shock an' awe*;
miloedd wrthi'n marw heb na siw na miw, rhag
amharu ar y karaoke;

fan hyn, dros beintyn sydyn, mae'r gwaed yn
ceulo'n oer dros luniau gwae, a'r digwydd anllad
wastad draw fan draw, yn y rhywle arall hwnnw nad
yw nawr, fan hyn;

*

fan hyn ym Mharc Cathays dan farrug Ionawr: rhyfyg
dynion wrthi'n datgymalu'r Dolig, yn rhwygo hud y
Winter Wonderland a'i daflu draphlith a di-hid ar
lawr; ciliodd y lledrith lliwgar i grombil pentwr
styllod; pentyrrau trist mewn cistiau yw lampau
neithiwr a sypyn glas-a-gwyn dan draed yw'r clamp o
babell blastig, fel llyn dan rew; mae'r olwyn fawr ar
lawr fel darn o feic toredig y Cawr Mawr Clên, a sŵn
curo, gwichian craeniau, gweiddi, rhegi i'r cymylau
sy'n tarfu ar rŵn arferol, saff y traffig ar Park Avenue
a'r Boulevard de Nantes;

brysiaf ar hyd y pafin; sgipio'n ddeheuig dros y
craciau – hen arfer ofergoelus – cyn rhoi rhaff ar fy
nychymyg, stwffio cudyn anystywallt dan fy het a
chwilota ym mhlygion fy nghot laes am fenig; a
chlywed chwiban: un 'whit-wiw!' syfrdanol rywiol, a'i
awgrym anllad-radlon yn cynhesu'r fenyw ynof fan
hyn ar fore gwyn o Ionawr;

neuadd wen y ddinas a'i phorth mewn gwisg
briodas – rhubanau, rhwydi-dal-balŵns, a charped
coch; fan hyn, ar ddiwrnod gwyn o haf y bu fy mab yn
rhannu gwên â'i wraig dan gawod o betalau;

grisiau'r Amgueddfa; llwyfan i fenywod yn eu du,
fel brain y fall yn clwydo; cerddaf o'r tu arall heibio fel
pawb call – cyn troi, a phenderfynu mynd i'w plu a'u
holi am haniaeth du-a-gwyn eu 'Heddwch';

styrbans – '*bloody lesbians!*'; cryts yn rhuthro,
rhwygo'r placards, damshgel yr haniaethau dan eu
traed;

mae 'ngwaed yn berwi – gweiddi 'blydi bastards!';

mae un o'r cryts yn gwenu – '*are you with 'em,
darlin?*'

oedi,
dal llygad un sy'n syllu arnaf dros ei sgarff;
ateb '*yes*',
nesu ati i ben y rhes, a theimlo gwres y croeso;

a nawr, fan hyn, ar ben y rhes, fe glywaf ddiasbedain
dinas:

ceir, lorïau, bysiau'n gwibio, bipian, bwm-bwm-
bwmian; seiren ambiwlans, car polîs; craeniau'n
crancian, gweiddi dynion wrth eu gwaith;

pobol-matshys Lowry'n cyfarch a chofleidio, yn
hwpo babis yn eu bygis, yn tecstio, beicio, rolerbledio
rhwng borderi saffrwm ac eirlysiau, eu bywydau yn
barseli taclus;

fan hyn ar ben y rhes, gwelaf ernes angau; colomen lwyd, a'i thresmas rhwng ein traed, a'i chŵan a'i strytan sigl-a-swae'n darogan gwaed;

amrantiad

curiad calon

trawiad cloc

a'r ffrwydrad fel tsunami yn fy mhen

yn trochi'n goch

a'i froc yn crawni rhwng y craciau;

yn fy mhen, fan hyn ar ben y rhes, gwelaf glymau ceir a beiciau'n llosgi, craen yn ulw, bygi gwag yn sgrechen poen, pentwr cryts mewn cwter, cluniau doli racs yn gwrido dan ei macyn sgert, rhubanau cyrff ar esgyrn brigau, a'r chwibanwr ewn ar slabyn concrid;

bywyd wedi'i foelyd;

ac wrth borth y neuadd, colomen ynfyd wrthi'n strytan ac yn cŵan bob yn ail â phigo ambell betal o'r conffeti cnawd;

*

fan hyn ar lan y llyn, ar fachlud haul, daw dau na
chwarddant eto, at y meini;

chwe maen a rowd i orwedd yn eu perllan, chwe
cherddinen yn eu gwylad, eu capiau'n goch;

ar ben y rhes, maen eu mab, un mab ymhlith y
meibion a'r tadau a'r cariadon, a'r aeron yn ddiferion
drosto;

a'r ddau na chwarddant eto'n syllu ar yr haul yn
pylu'n belen boen;

a'r drindod ar lan dibyn – y duw a'i ddau ddihiryn –
yn dal i chwerthin.

cromfachau

(Loch Ainort, Ynys Skye)

Chwiliaf am lecyn diarffordd wrth y llyn. A gwelaf lôn i'r dde heb arni arwydd. Penderfynaf fynd amdani a pharciaf y Clio bach (un coch yw hwn, ar ôl dau las – dewis beiddgar, medden nhw, sy'n hoff o dynnu coes) ar y rhimyn uwchben y traeth. Gafaelaf yn fy lliain mawr (yr un a'r morfeirch seicadelig arno, o siop Primark) a'i daenu ar y glaswellt. Ac af ati i ddadbacio picnic (a brynais mewn archfarchnad lom cyn croesi pont Loch Alsh): brechdan salad grimp, sudd oren cynnes a bar o siocled meddal.

Syllaf ar yr arlwy plastig yn ei gwdyn plastig. A theimlo cyfog. A gresynu imi brynu'r ffasiwn sbwriel (a chyfrannu at halogi'r blaned yr un pryd). Ac ystyried beth i'w wneud. (O gofio'r dewisiadau amgylcheddol.)

Y dewis cyntaf: rhoi'r cwdyn cyfan (bwyd a phlastig) mewn basged sbwriel. (Does 'na'r un.)

Yr ail ddewis: rhoi'r cwdyn cyfan yng nghist y Clio a chwilio am finiau sbwriel (ac ailgylchu plastig) ar fy nhaith.

Y trydydd dewis: lluchio'r bwyd (yn ddigon pell rhag denu picwns) yn gynhaliaeth i'r gwylanod; arllwys y ddiod i ddŵr y llyn a rhoi'r plastig yng nghist y Clio (gweler dewis dau).

Mae'r dewisiadau yn fy llethu. Caf fy nhemtio i luchio'r blwmin lot i'r pedwar gwynt.

Ochneidiaf, ac estyn am fy llyfr (rhyw sothach y sialenswyd fi i'w ddarllen gan fy nai). Ac eisteddaf ar fy lliain, i geisio ymdawelu, i wrando ar dawelwch – y gwrthwenwyn i dreialon bywyd.

Oherwydd y gwres llethol, penderfynaf addasu fy ngwisg. Edrychaf o'm cwmpas yn wyliadwrus – ond does dim angen imi boeni; does dim un enaid byw rhyngof a'r gorwel draw. Felly twciaf fy sgert i lastig fy mlŵmers (hen dric a ddysgais yn blentyn wrth chwarae hopscotch), ac agor botwm top fy mlows a thorchi'r llewys. Rhwbiaf olew dros fy wyneb (fy nhrwyn a'm talcen yn arbennig) cyn gorweddian yn ddiog braf.

Nefoedd. (Sylweddolaf oblygiadau dyrys arddel y cysyniad hwnnw, ond nid wyf am eu trafod â mi fy hun ar ddiwrnod mor odidog.) Mae fy myd yn grwn y funud hon: Rebus ar fy mynwes, hylif haul o ffactor uchel ar fy nghroen a sbectol haul amrylens ar fy nhrwyn.

A llinellau o farddoniaeth ar fy nghof. Gallaf eu hailwampio a'u gwyrdroi fel y mynnaf; ni chaf fy ngwawdio.

'Ni wêl y teithiwr talog mohonof bron, ganllath o gopa'r mynydd . . .'

'Rhowch imi gilfach a glan â'm dychymyg yn drên.' (Nonsens yw hyn, wrth gwrs, ond beth yw'r ots?)

Caeaf fy llygaid (mae'r haul yn boeth; bu'r daith yn hir), a theimlaf fysedd cwsg yn cosi fy llygaid. Gwelaf wep Ellis Wynne yn hofran uwch fy mhen (er na welais lun o'r dyn erioed). Ac yna clywaf sŵn (o ddyfnder Uffern?) – rhyw ruo angenfilaidd . . . Ac eco llais . . .

'*Hello, lady!*'

Agoraf fy llygaid a gweld helmed a gogls, crysbas a llodrau lledr – y cyfan yn ddu – rhyngof a'r haul.

'*You all alone?*'

Sylvester Stallone, rhyngof a'r haul.

A'i feic modur wedi'i barcio nid nepell oddi wrthym.

'*Your answer, lady?*'

Mae ganddo acen hyll. (Un o Hull neu'r cyffiniau ydyw, dybiaf i.) A theimlaf arswyd, rhyw ysictod, chwedl Parry-Williams, cynyddol yn fy nghrombil. Tynnaf fy sgert lawr dros fy mhennau-gliniau'n reddfol a chofio (am y tro cyntaf yn ystod fy mhererindod) am y siars ddifrifol a dderbyniais gan f'anwyliaid (fy mrawd a'm chwaer-yng-nghyfraith) i beidio byth â mentro i le unig ar fy mhen fy hun. Cyngor call i fenyw yn y dyddiau dreng, dieflig hyn, yn enwedig i Gymraes fach barchus yn ei hoed a'i hamser a fu'n ddigon hanner-call-a-dwl i fentro i unigeddau Uchelderau'r Alban yn ddigwmni.

A dyma fi.

A dyma ni.

Fi a Sly, yn wynebu'n gilydd yn yr haul.

'*Lady, may I join you?*'

Codaf ar fy eistedd gan ymbalfalu am fy mag (er mwyn ei guddio). A chofio imi ei adael ar sedd cydymaith y Clio. Mae fy holl eiddo bydol ynddo: arian (codais ganpunt yn y twll-yn-wal yn Inverness), cardiau banc a llyfr siec; fy llyfr cyfeiriadau a rhifau ffôn; tocynnau aelodaeth y gampfa a'r pwll nofio, a thocyn darllen y Llyfrgell Genedlaethol . . . A'r ffotograffau – o blant fy mrawd a'm cath Blodeuwedd; a'r rheini o'r Gynhadledd Geltaidd a chyfarfod anrhydeddu'r Athro . . . Ac allweddi'r tŷ!

Yn ystod cywain y meddyliau hyn (y gamp fydd cadw'r horwth hwn draw o'r Clio), ceisiaf feddwl yn chwimwth a dychmygus beth i'w ddweud. Ond y cyfan ddaw o ddyfnder sych fy llwnc yw sŵn bach egwan (fel brefiad oen):

'*I'm expecting someone.*'

Gwena Sly wrth dynnu ei gogls a'i helmed yn hamddenol, a'u gosod ar y glaswellt. Sycha'r chwys o'i dalcen a'r rhimynnau o gwmpas ei lygaid â hances boced goch (a welodd ddyddiau gwell). Sylla draw i'r pellter, gan grychu'i lygaid a byseddu'i glustdlysau penglog ynghyd â'r trwch o stofl sy'n gorchuddio'i ên. Syllaf innau i'r un cyfeiriad a gweld (â chalon drom) hen wacter yr ehangder maith: mynydd-dir llwm, atalnodau bach o ddefaid ar y llethrau, rhith o gwch pysgota fel marc pensil ar orwel pell y Loch a cheir bach Dinky'n gwibio yn y pellter mud, eu ffenestri'n fflachio yn yr haul.

Dim na neb ond fe a fi.

'*I'll keep you company, lady, until they arrive.*'

Teimlaf fy nghalon yn suddo ac yn curo'n wyllt. (Rwy'n dyst i'r ffaith bod modd i'r ddeubeth ddigwydd yr un pryd.) Ond yr hyn sydd anghredadwy ac ofnadwy yw fy mod yn fy nghlywed i fy hun yn diolch iddo! Ac yn ei glywed yntau'n ateb, '*It's my pleasure, lady!*'

Mae pethau'n dirywio o ddrwg i drychinebus yn sydyn iawn. Mae Sly yn diosg ei grysbas ledr i ddatgelu crys-T du a'r geiriau *Hell is here and now!* (mewn ysgrifen waedlyd) arno. Gwena arnaf eto a mynd i eistedd ar fy lliain â'i goesau main (yn eu llodrau lledr) yn llydan ar led. Ar ôl dylyfu gên (yn hynod anifeilaidd), mae'r crys yn cael ei ddiosg i ddatgelu brest a cheseiliau blewog. (Ni welais rai mor flewog yn fy myw, ond rhaid cyfaddef bod fy mhrofiad i o'r cyfryw bethau'n brin.) Sawraf chwys a lledr – a rhywbeth sur, annelwig arall. Ond problem lawer gwaeth sy'n mynd â'm bryd: beth yw fy ngham nesaf mewn sefyllfa sydd, a dweud y lleiaf, yn anffodus, ac mewn gwirionedd yn ddybryd, enbyd?

Ymbalfalaf am ganllawiau: hysbysebion a thaflenni'r heddlu, cynghorion radio a theledu, rheolau aur cymdeithas wâr. Ond ni thorrais unrhyw reol! Heblaw bod yn fenyw annibynnol (os diniwed, hefyd) sy'n meiddio teithio ar ei phen ei hun.

Yn sydyn, caf hen ddigon ar y chwarae plant. Bod yn awdurdodol, dyna'r ateb, fel petawn yn annerch fy myfyrwyr blwyddyn bontio. Ond ysywaeth, yr hyn a glywaf eto yw'r llais bach egwan: *'They'll soon be here, you know . . .'*

Mae Sly yn torri gwynt yn swnllyd. Caeaf fy llygaid mewn anobaith. Ond yna profaf fflach gwbl gyferbyniol o obeithiol wrth ddychmygu (a gweddïo'n daer) y cyrhaedda'r heddlu unrhyw funud mewn fflyd o geir seirennog, fflachiog ar drywydd y dihiryn ysglyfaethus hwn a ddihangodd o garchar Glasgow. Beth oedd ei drosedd, tybed? Lladrad? Trais? Trais rhywiol? (Na! Does bosib!)

Rob Roy! Neu'r Bruce neu'r Braveheart! Ie, dyna'r
arwyr ddaw i'm hachub! (Cofiaf am y poster ar wal y
sinema yng Nghaeredin.) Dewrion ciltiog, blewog, un
ac oll, tebyg i Sean Connery neu Mel Gibson, a'u
hwynebau wedi'u peintio'n groesau gleision, yn
rhuthro dros y bryniau draw! Byddant yn sgyrnygu, yn
gweiddi'n groch ac yn annog eu ceffylau i garlamu
tuag atom fel y gwynt drwy'r grug. Bydd eu baneri'n
cyhwfan a'u peipiau'n udo – a chaf fy mhlycio'n
ddiogel a diolchgar o grafangau Sly.

Ai'r gwres neu'r ofn (neu'r ddau) sy'n peri fy
mhenysgafndod? Hoffwn ddiod oer. Fel petai wedi
darllen fy meddyliau mae Sly'n ymestyn am y cwdyn
plastig a luchiais (sawl eiliad, munud, curiad calon
drom yn ôl?) cyn dechrau'r hunllef hwn. Mae ei fysedd
hir, modrwyog yn rhwygo'r cwdyn. Cydia ym mlwch y
sudd oren a chan daflu'r tipyn gwelltyn i'r naill ochr
arllwysa'r afon felen mewn i'w geg. Llynca'n helaeth
cyn troi ataf a chynnig rhannu, a gwena wrth fy
ngweld yn ysgwyd fy mhen yn ffyrnig. Llowcia'r
gweddill ar amrantiad ynghyd â'r frechdan a'r bar
siocled cyn sychu'i geg a thorri gwynt drachefn a
thaflu'r sbwriel ar y graean.

'*Thank you, lady. Very kind . . .*'

Beth nesaf! Syllaf ar yr hwlcyn anferth yng nghanol
morfeirch delicet fy lliain. (Enciliais innau at y morfarch
pinc yn y cornel pellaf.) Ffieiddiaf at ei flewiach, ac at ei
fol diferol (sydd wedi'i bletio'n dynn i mewn i'w
wregys) yn codi ac yn gostwng i rythm ei anadlu trwm.
Try'n drwsgl ar ei fol (cofiaf am y morlo yn Sŵ Bae
Colwyn a'm neiaint yn chwerthin wrth ei fwydo) a lledu

ei freichiau ar draws y lliain. Mae ei gefn yn bothellog, binc; mae crachen ddu (chwys dyddiau?) ar ei wegil. Fe'i clywaf yn anadlu'n drymach, yn chwyrnu'n ysgafn ac yna'n rhochian yn fochynnaidd.

A daeth fy nghyfle!

Symudaf yn llechwraidd: plygu fy nghoesau'n araf a gofalus o dan fy nghorff nes fy mod ar fy nghwrcwd. Disgwyliaf am y cyfle cyntaf i godi a'i heglu am fy mywyd at y Clio bach a dianc i ddiogelwch.

Ond mae fy nghoesau wedi cyffio, yn gwrthod ufuddhau. (Yr ofn a'r egin cryd cymalau'n cyd-weithio'n berffaith.) A beth bynnag, mae'r anghenfil wedi deffro (*The Kraken Wakes*) ac yn fy llygadu'n llawn diddordeb. Mae ei lygaid (a yw'r dyn o dras Huw Gruffudd?) yn dilyn pob symudiad dirym.

Eisteddaf eto, yn llonydd, ufudd. Does dim i'w wneud ond derbyn fy nhynged drist.

Cwyd Sly ar ei eistedd, a gwenu eto, ac am eiliad gwelaf wedd ddeniadol iddo. (Rhywbeth yn ei wên? Ei lygaid?) Yr eiliad nesaf, ac yntau wedi troi i syllu dros y Loch, fe'i gwelaf fel rhyw Quasimodo – hwnnw â'r corff anghytbwys a'r geiriau prin. Quasimodo clychau Eglwys Notre Dame . . .

'Ein Mam Fendigaid, achub fi!'

Yn sydyn, try Sly ataf.

'*What's that you said?*'

Rwy'n syfrdan. Beth ododd arnaf i sibrwd y ffasiwn ffwlbri? (Nid wyf yn fod crefyddol; mae'r Babaeth yn anathema i mi.) Yr ofn a'r gwres, wrth gwrs. Nid wyf am arddel yr ebychiad na'i gyfieithu. Ond yn ffodus, nid yw f'arteithiwr yn dymuno eglurhad. Digon ganddo orwedd â'i ben yn fy nghôl fel plentyn.

Yn fy nghôl!

Dyma'r diwedd, felly. Pen draw'r hunllef. Dim dihangfa. Dim achubiaeth.

Ai'r pysgotwyr yna ar y gorwel a ddaw ar draws fy nghorff? Wedi'i daflu i'r dŵr bas neu wedi'i gario gan y llif i'r dyfroedd dyfnion? Neu, efallai y byddaf, heno, yn wledd annisgwyl i hebogiaid a llwynogod mall y nos. Neu efallai mai rhyw deulu dedwydd ar drywydd picnic a wêl fy amdo seicadelig fory. Ha! Dyna ddiwedd ar eu sbort!

Ond bid a fo am ddull fy marw, bydd fy llecyn bach diarffordd, chwap, yn drwch o heddlu a'u hofrenyddion a'u hoffer chwilio.

Sylweddolaf nad oes bellach werth difaru. Ond dyna a wnaf: difaru'm henaid. Am fod mor styfnig, am fynnu profi pwynt. Teithio'n bell o dref ar fy mhen fy hunan; peidio â chadw mewn cysylltiad. A gadael y ffôn lôn (anrheg Nadolig gan fy mrawd) yn ei focs ar ddesg fy swyddfa. Y teclyn dieflig hwnnw (sy'n bla mewn dosbarth a phwyllgor a chynhadledd – a thrên a theatr a thraffordd – gallwn ychwanegu at y rhestr) a allai fod o gymorth imi nawr. 'O gymorth', fenyw wirion? (A gwn fod yna ddau ystyr i'r ansoddair hwnnw.) Y 'teclyn dieflig hwnnw' fyddai d'achubiaeth di yma'r funud hon!

Mae Sly yn dal i orwedd rhwng fy nghoesau yn syllu arnaf yn ddi-dor. Rwyf innau'n cyfri'r cymylau uwch fy mhen. Byr yw'r ymarferiad: tri chwmwl gwlân cotwm sy'n hwylio'r awyr. A'r ceir bach Dinky?

33

Pedwar (pump, os yw lori'n cyfri) a welaf yn ystod pedair munud hir. (Fe'u hamserais ar fy oriawr.) A'r pennau-pin o ddefaid yn y pellter? Cyfri deg – a dod i benderfyniad sydyn a diwyro.

Un symudiad chwim ac mae fy nhraed a'm coesau'n rhydd ac er gwaetha'r pinnau-bach a'r boen rwy'n sefyll uwchben Sly â'm breichiau wedi'u plygu'n llawn bygythiad dros fy mynwes.

'*Look here, young man! You little bapa Mam! Stop this nonsense! Now!*'

Mae'r syndod ar ei wyneb yn gwneud i'm calon lamu. Llwyddais (â chryn ddewrder) i wynebu bwli, i beri iddo syllu arna i'n stond. Ond gall y dacteg fethu – gall wylltio, ffrwydro, ymosod arnaf yn ei dymer. Ond does dim i'w golli. Mae fy nghefn at y wal (mewn ffordd o siarad). Ymdrechais ymdrech deg.

Bysedda'i stofl a'i glustdlws penglog (fel o'r blaen) cyn troi ataf ac amneidio.

'*You're Welsh – I thought you were. And so am I.*'

Cymro â'r fath acen estron? Mae gen i le i'w amau. Ond gwir neu gau ei honiad, rhaid bod ar fy ngwyliadwraeth – gall Cymro glân gloyw fod yn fwrdrwr seicopathig. Gochelaf, felly, rhag ymateb. Ymbaratoi ar gyfer y gwaethaf a wynebu fy nhranc yn eofn – dyna'r blaenoriaethau. A gwneler yntau ei waith dieflig yn gyflym (ac yn drylwyr) neu gadawer fi yn rhydd.

'Beto bo' ti'n siarad Cymrâg as well!'

Rwy'n ei chael hi'n anodd credu fy nghlustiau. Ac mae ei wên gynnes (sy'n harddu'i wyneb) yn fy llorio. Ond ceisiaf ateb yn awdurdodol oeraidd fy mod yn

Gymraes Gymraeg i'r carn. Gallwn ychwanegu fy mod yn ieithydd â chryn enw (a dylanwad); fy mod yn arbenigo ym maes astudiaethau tafodieithol cymharol. Ond mae'r cyfle wedi'i golli gan ei fod yn sychu'i ddwylo yn fy lliain cyn estyn ei law'n dalog. Cymeraf gam yn ôl, rhag ofn.

'No becs, lady. Fi'n safe as 'ouses, fi. Ond fi'n sod obnoxious – sori.'

Oedaf, yn ansicr, gan gofio'i agwedd greulon gynnau.

'Gwydion – "Quits" i mêts fi, aye?'

Gafaelaf yn betrus yn ei law. Mae ei wên yn wirioneddol hardd ac fe ddywedaf hynny wrtho, gan ychwanegu iddo beri gofid anfaddeuol imi gynnau.

'Sori, rîli sori, lady . . .'

Syrthia ar ei liniau a phlygu'i ben a tharo'i frest â'i ddyrnau mewn ystum o ffug benyd. Edrychaf arno, ac am ryw reswm (ei winc efallai?) rhoddaf law faddeugar ar ei ben a gofyn beth yw'r pleser sy'n ei yrru i godi ofn ar fenywod bach diniwed?

'Stori hir a boring, lady . . .'

Gwên fach ymddiheurol arall, ochenaid ddofn – cyn gafael yn ei ddillad a'u gwisgo heb yngan gair. Edrychaf arno'n adeiladu'i amddiffynfa ddu. I ble'r aeth y llanc bygythiol?

'Teulu fi yn byw yn Hull.'

Fy nhro i i wenu: ond nid yw'n sylwi.

'Mynd o Aberystwyth years ago. Sad story, really. Ond fi still yn browd o fod yn Cymro. Rather Welsh than English!'

Cytunaf ag ef yn frwd, a'i annog i ddychwelyd i Gymru fach.

'Maybe, sometime, maybe never. Welsh fi'n crap by now.'

Fe'i sicrhaf mai mater bach fyddai ailafael yn yr iaith a thwtio a chaboli. Mae yna gyrsiau y gallwn eu hargymell. Ond mae'n amlwg nad yw wedi deall fawr o'r bregeth. Sylla arnaf ennyd cyn gafael yn fy llaw.

'Fi'n lico ti, ti'n gwbod. A fi'n rîli sori . . .'

Yn sydyn (yn ddireswm), gwasgaf arno i dderbyn fy lliain seicadelig.

'Arwydd o'n dealltwriaeth newydd.'

Nid yw wedi deall.

'Presant bach – rhwng ffrindie.'

Dealla hyn yn iawn.

'Diolch, lady. Fi'n very touched.'

Stwffia'r lliain i'w gwdyn lledr a gwisgo'i helmed a thynnu'r gogls dros ei lygaid. Naid ar ei feic, un gic i danio'r enjin – ac rwy'n mentro ato . . .

'I ble'r ei di?'

'Portree. Good campsite there.'

Ac yna, yr annisgwyl – y gusan ar fy llaw.

'Gweld ti, lady . . .'

Diflanna lawr y lôn mewn cwmwl mwg.

Clywaf hymian croch ei feic fel cachgi bwm cynddeiriog ar y rhiw.

Fe'i gwyliaf yn troi i'r dde a gwibio i gyfeiriad Portree . . .

Nes diflannu'n llwyr.

Casglaf fy mhethau (gan gynnwys y pecyn sbwriel) a'u cario at y car.

Sylwaf ar y macyn coch ar y glaswellt.

Mae'r Clio beiddgar yn mynnu troi i'r dde ar ben y rhiw.

croesffordd

'Yn y gerdd hon,' meddai'r ysgolhaig o'i bulpud, 'mae'r bardd yn wynebu dewis anodd ar "y groesffordd": gweithredu neu bod yn ddiymadferth, bod yn ddewr neu'n llywaeth, yn onest neu'n rhagrithiol.'

Mae'r fyfyrwraig yng nghefn y dosbarth yn cofio maes parcio Lidl yn hwyr y nos, a'r bardd yn dabio'i llygaid â macyn papur brwnt wrth jeco'i watsh.

llwynog oedd ei haul

maen nhw'n deud 'mod i'n colli arna
wrth roi cyfle arall i ti wneud fy myd yn ddarna . . .
Myrddin ap Dafydd / Geraint Løvgreen

dychwelodd ei haul heddiw;
llerciodd yn blygeiniol ar sil ei ffenest,
byseddu'r agen rhwng ei llenni
a gwenu arni;

ildiodd iddo eto; agor ei ffenest,
estyn croeso iddo
mor gynnes â'r llafnau
dros leino llwm ei llawr;

gwenodd arni eto,
ond roedd arno frys,
meddai, a blys cynhesu
ystafelloedd eraill;

aeth mor sydyn ag y daeth.

ciprys

Ma'i llun yn y papur heddi. Croten un ar bymtheg, wedi mitsho bant o'r ysgol. Llun du-a-gwyn, ond ma'r lliwie'n fyw: slacs coch, dyffl frown, triban gwyrdd, enfys *Gwnewch Bopeth yn Gymraeg* a blode *Make Love Not War*. Ma'i gwallt yn hir a thywyll: mae hi'n debyg iawn i Sandie Shaw.

Ma' hi newydd ruthro'n un o dyrfa swnllyd lawr y llechwedd. Ma' rhywun newydd weiddi, 'Rŵan am y ciprys!' – dweud sy'n ddierth iddi. Yn y cefndir, ma' 'na lif o geir swyddogol â'u llond o hetie a siwtie a chadwyni aur. Dyma nhw'r placardie – *Scousers go home!*, *Twll din Bessie Braddock!*, *Tir nid Trais*. A dyma hithe, wedi mynd i ishte ar y trac gyda'r criw myfyrwyr a'r hen stejars triw. Ma' dou blismon praff, yn 'u lleder a'u helmede, yn gafel ynddi gerfydd 'i cheseilie. Ma'u *walkie-talkies* yn craclo; ma' un yn gweiddi '*Action taken!*' yn 'i acen Sgows. Ma'r llall yn 'i chymell yn addfwynach: 'Tyd ŵan, del! Bydd yn hogan ddê! Rhag cael dy frifo!' Cyn cario mlaen â'i job o'i llusgo'n ddiseremoni a'i thaflu ar y borfa gyda'r lleill, yn dwlpen fach o ofon.

Ymhen pum munud, fe fydd hi'n un o'r criw a fydd yn llacio pegie'r marcî streips nes y bydd yn moelyd dros y wledd. Fe fydd yn bloeddio buddugolieth gyda'r gore ac yn canu'r Anthem.

Ac yn clywed rhu y rhaeadr ddŵr ddychrynllyd yn llifo lawr y concrid.

A'r mudandod syfrdan o'i chwmpas.

Heddi, ddiwrnod ei phen-blwydd, ma' hi'n deall beth yw 'ciprys gydag Ebrill na ddaw nôl.'

cwyno

Dwi'm yn un i gwyno.

A fuish i'm erioed.

Ond ma' be ddigwyddodd neithiwr 'di'n ypsetio i.

'Di'n ysgwyd i i'r byw.

Rhag meddwl chwanag am y peth, rhag ofn ypsetio'n waeth, dwi'n gorwadd yma yn 'y ngwely'n trio meddwl am y petha erill sy'n 'y mhoeni. Y petha llai. Y petha pitw, hyd yn oed.

Er mwyn anghofio be ddigwyddodd neithiwr.

Ma' gin i duadd hel meddylia – dwi'n cyfadda hynny. Petha'n pwyso o fora gwyn tan nos. A'r hen gorddi gwirion, y stwmp yn fy stumog, yn cychwyn 'radag yma efo tri dyn llefrith a'u tair fflôt wen.

Maen nhw wrthi rŵan.

Tincl, tincl, tincl.

O ddifri calon – i be ma' isio tri dyn llefrith mewn un stryd? *Cul-de-sac* a bod yn fanwl gywir. A'r cnafon yn mynnu rifyrsio wrth 'y ngiât fach i. Tair fflôt wen am bump bob bora'n straffaglu troi. Dwi'n codi, yn sbio arnyn nhw drw'r les a nhwtha'n troi, rifyrsio, troi. Be haru nhw? Ond dwi 'di'u warnio nhw – y munud y bydd un yn cyffwrdd blaen 'i fympar yn 'y mhostyn giât i, mi fydda i'n 'i riportio fo – i'w fòs ac i'r polîs. Ond be dwi iws â bygwth pan fydd un yn gwenu'n neis a deud, 'No problem, Mrs!' cyn tynnu stumia yn 'y nghefn, a'r llall yn fy rhegi dan 'i wynt, a'r trydydd – na, dwi'm isio deud be ma' hwnnw'n neud.

Dwi 'di trio popath. Gosod 'nialwch yn 'u ffordd nhw – halio coed a brics a cherrig o'r ardd gefn. Ond tydi'r Cownsil ddim yn hapus efo hynny am 'u bod nhw'n 'beryg i bedestrians'. Dwi 'di gosod potia bloda mawr, a'u llond o betha del – Geraniums, Betsan Brysur – reit o flaen y giât. Ond ma' 'rhywun' yn 'u symud nhw, neu'n 'u dwyn. Yn 'u malu'n shitrwns, weithia, a finna'n gorfod clirio'r llanast. Felly does dim pwynt. Dwi 'di cwyno wrth y llinyn trôns cynghorydd a'r Cownsil mawr ei hun. A'r cnafon yn rhy brysur yn leinio'u pocedi i gymyd sylw o hen ddynas fatha fi. A sôn am hynny – na, dwi'm yn mynd i ddechra ar y crwcs MPs sy wedi'n twyllo ni gyd . . .

Pitïo ydw i. Bod pobol mor ddifatar. Ddim yn malio dim am ddim. Dwi 'di trio perswadio, procio, codi amball ddeisab ynglŷn â hyn a llall ac arall. A phawb yn chwerthin am 'y mhen i yn 'y nghefn i.

Ond dyna fo, dwi 'di hen, hen arfar. Dwi'n codi gwrychyn rhywun rownd y rîl. Cymwch chi'r hen fusnas parcio. A'r helynt efo'r drwyn drws-nesa-fyny a'i Leylandii. Ond dwi'm isio horwth o hen Dormobile 'di rhydu, na fan y plymar o nymbar ffôr yn t'wyllu'n ffenast ffrynt i. A dwi'm isio coed mawr hyll i d'wyllu 'mhatio cefn i a'u gwreiddia'n codi'r slabia.

'Mae o'n jeri-bild beth bynnag!' medda'r drwyn. 'Dwi'n siŵr mai'r gwreiddia sy'n 'i gadw fo rhag sybseidio'n gyfan gwbwl!'

Dwi'n siŵr 'i bod hi'n iawn. Cowbois oeddan nhw – nhw a'u 'talu cash' a'u 'lori'n dŵad bora fory' a honno byth yn cyrraedd. A'r petha ddiflannodd o'r sied. Heb sôn am y jar pres mân. A'r set fach radio. A'r ddau gi tsheni o silff y dresar. Fi oedd yn ddiniwed, yn wirion bôst, yn dal i drystio'r ddynol ryw. Ond cheith neb fyth wbod.

Dwi newydd sylweddoli 'mod i 'di gweithio'n hun i fyny nes dwi'n laddyr oer o chwys. Yn fy ngwely bach fy hun! Dim rhyfadd bod fy mhwysa gwaed i'n uchal i'r entrychion. Dim rhyfadd 'mod i'n ratlo gin dabledi.

Fy nerfa i sy'n rhacs medda Doctor James. 'Trïwch ymdawelu,' medda fo. 'Peidio mynd-a-mynd o hyd. Fydd rhwbath siŵr o roi.'

Mae o'n berffaith iawn. Felly dyma fi fan hyn am chwech y bora'n 'trio ymdawelu', gan 'i bod hi'n dawal rŵan, cyn y miri mawr boreuol: plant ienga drws-nesa-lawr yn stompian ac yn gweiddi, 'u ci nhw'n cyfarth a'r hogyn hyna'n chwythu'i gornet yn aflafar. A'r fadam fach drws-nesa-fyny'n practisio'i phiano. Rhwng sterics a'r '*Drunken Soldier*' a '*Nick-nack-paddy-wack*' a *scales* ac *arpeggios* a slamio drysa nes y bydd y tŷ 'ma'n ysgwyd at 'i seilia – dwi bron â mynd o 'ngho.

Methu dallt ydw i. Yr holl blant drws-nesa-lawr. I be? A'r ddynas fach mor eiddil? A phetha'n dynn – heblaw am lastig 'i nicar, druan! Dwi'n deud 'druan' er bod golwg ddigon hapus arnyn nhw i gyd. Hipis, ond yn ddigon serchog, a'r plant yn lân a thaclus – dwi'm yn gwbod sut, a nhwtha'n poetsio rownd y rîl. A fedra i ddim diodda gweld 'u dillada'n hongian ar y lein am ddyddia, a'r tŷ mor flêr, i mewn ac allan. Ddim 'mod i 'rioed 'di bod i mewn – ddim 'di cael gwahoddiad. Ond ma' rhywun yn cael argraff, 'tydan? Bleinds yn hongian, darna pren dros wydr y drws ffrynt. A'r ardd gefn yn gywilyddus: bylcha yn y ffensys, cwt cwningen, darna ceir a beicia a berfa wedi rhydu. Heb sôn am fagia bins ymhobman. A lympia cachu ci ddigon i droi ar rywun.

Whîli bins. Dyna broblam arall yn stryd-ni. 'Dan ni'n gorfod parcio dau, un du, un gwyrdd riseiclio, wrth ddrws y ffrynt. A 'mond lle i rywun sleifio heibio fatha slywan at y giât. A dim mynadd gin bobol straffaglu 'u llusgo nhw i'r ffordd. Gadael bagia ar y pafin – dyna be ma' lot yn neud. A'r Cownsil yn gwrthod 'u hel – whîli bins neu ddim. A 'motsh am helth-an-seffti, jyrms, gwylanod. Mi fuish i'n 'u codi a'u lluchio i fy whîli bin i. A chael gwawd a gweiddi 'Good Samaritan' am neud. Felly dwi 'di stopio.

Tydi'r cylprits byth yn cael 'u dal – ond dwi'n gwbod yn iawn pwy ydan nhw.

Clytia babis 'di'r gif-awê i deulu mawr drws-nesa-lawr. A dwi'n ffindio'n hun yn gofyn – be am y cannoedd clytia â'u llond o gachu sy'n cael 'u lluchio yn y dre 'ma? Bob dydd? Bob wythnos a phob mis? A'u tollti i dwll yn 'ddaear efo'r holl fudreddi arall? Tydi o'm yn iawn. Dim efo'r busnas *global warning* 'ma. Llifogydd, sychdwr bob yn ail, llanast mawr ym mhobman. Dwi'n darllan lot, sbio ar y programs ar y telefision am y glaciers yn toddi a'r polar bêrs yn boddi. Bechod drostyn nhw. Dwi'n sgut am Fox's Glacier Mints.

Dwi wrthi eto, 'tydw? Yn gweithio'n hun i fyny. Ond y broblem ydi 'mod i'n teimlo'r petha 'ma i'r byw. Ac yn barod iawn i ddeud 'y marn. Rhy barod, debyg. Fatha efo dynas fach drws-nesa-lawr. Gofyn ddaru mi, yn ddigon clên, beth sy o'i le ar glytia tyweling hen ffasiwn? A'u plygu'n ddel, dri-chornal, seffti-pin yn saff, a'u berwi yn y boilar? Gwenu ddaru hi, a deud yn 'i ffordd fach neis 'i hun y dyliwn i feindio 'musnas. Ond mae o'n fusnas imi – ac inni un ac oll! A dyna ddeudis i, a hitha'n snapio'n sydyn a deud rhyw betha digon short. A finna ddim yn disgwyl hynny gynni hi, o bawb. Mi ddaru hi ymddiheuro'n syth. Ond mi ddigwyddodd, a fedra i ddim anghofio hynny.

Diogi ydi o yn y bôn. Ofn gwaith calad, gwaith bôn braich – golchi, smwddio, sgwrio. Popath yn rhy hawdd y dyddia hyn. Mashîns yn gneud y cyfan. Pob dim mewn tun neu seloffên neu becyn handi. Cawl tun, llysia wedi'u rhewi, petha berwi-yn-y-bag a meicrowêf. Têcawê a throwawê. Ac wfft i *global warning*.

'Mae bywyd yn rhy fyr' – dyna'r atab gewch chi. Be, i gwcio llysia ffresh? Gneud bwyd maethlon – lobsgows, cinio dy' Sul a phwdin reis? Cadw'r tŷ fel pin mewn papur? A'r ardd yn werth 'i gweld?

Esgus ydi'r busnas 'gweithio amsar llawn' 'ma hefyd. Fel taswn i a'n siort ddewisodd aros adra efo'n plant 'di bod yn sgeifio. Dwi'n dallt bod petha wedi newid; bod y credit crynsh yn brathu, bod tai yn ddrud drybeilig a morgej fel maen melin. Rhaid 'dringo ysgol gyrfa' hefyd – fi 'di'r cynta i gydnabod hynny. A bod hawl gin ddynas neud fel licith hi a bod cyflog dwbwl yn handi iawn ar gyfar ecstras fatha holides a dau gar a siopa crand yn Waitrose. Dwi'n dallt y petha 'ma i gyd. Ond waeth imi gyfadda, ma' 'na un peth na ddallta i mohono byth. Busnas ffermio plant: 'u gadal nhw yng ngofal dieithriaid. A'r petha bach yn drysu, ddim yn dallt.

Ond be wn i? Yr ifanc ŵyr, yntê? A nhwtha'n gwbod bygar ôl.

Ia, dw inna'n medru rhegi efo'r gora pan fydd raid. Fatha trŵpar, chwedal Nain erstalwm. Ond dwi byth yn gneud. Dim rŵan, a finna'n nain fy hun . . .

Dwi'm isio meddwl am hynny chwaith . . .

Dim bora 'ma, ar ôl be ddigwyddodd neithiwr.

Ma'r ddau drws-nesa-lawr adra efo'r plant bob dydd. A gwyn 'u byd nhw, ddeuda i, a fi a'n siort yn talu. Yn 'u sybsideisio nhw. A finna ar 'y mhensiwn, wedi gneud fy siâr, ac yn diodda'n waeth na neb efo'r blincin credit crynsh. A fynta'n hogyn iach a chryf. Peniog hefyd, gradd prifysgol – rhwbath efo compiwtars. Dwi 'di trio sôn wrtho fo am Deio ni a'i radd mewn economics a'i joban dda. Ond sgynno fo fawr o ddiddordab medda fo. Mae o'n hapus wrthi'n tincran efo'r Dormobile neu efo beics y plant. Fan'ny fyddan nhw – fo a'i dŵls a'i blant a'i gi – tu allan i 'nhŷ-i. Y pafin yn lletach fan'no. A finna'n 'i warnio fo'n ddigon clên nad ydw i'n licio'u llanast nhw. Ond mae'n anodd ffraeo efo rhywun mor ddigyffro.

Ond mi ddeuda i hyn, er gwaetha'u twrw mawr a'r llanast, ma'r plant yn gredit iddyn nhw ac yn neisiach plant na'r fadam fach drws-nesa-fyny yn 'i choton wl.

Ma'n nhw'n 'y nghyfarch i â gwên, a hitha'r fadam yn cael 'i hwrjo gin 'i mam – 'Deuda "Bora da" yn neis!' – ac yn tynnu'i thafod cyfla cynta. A'i mam yn gwenu'n slei. Dwi'n fodlon cyfadda 'i bod hi'n bechod drostyn nhw 'u dwy – a fynta wedi codi'i bac a mynd. Yr hen drwyn 'di ffindio'i fod o'n cael rhyw how-di-dŵ-da efo llafnas fach o'r offis. A heb fawr o gonsylteshon, mi taflodd hi o allan. A gweld 'i chollad yn syth bin. Ond tŵ lêt. Mae o a'r ddynas newydd a'u hogyn bach yn hapus efo'i gilydd, yn crafu byw mewn fflat yr ochor rong i'r dre. A hitha'r drwyn a'r fadam fach yn byw mewn tŷ tair-llofft-a-gardd efo'u Leylandii a'u *harpeggios*.

'Rhyfadd ein bod ni'n dwy o'r gogladd.' Dyna ddeudodd hi'r diwrnod o'n i'n symud mewn. Nid 'Croeso mawr' neu 'Gymwch chi banad?' neu 'Pidiwch bod yn ddiarth!' O, na. Be sy'n 'rhyfadd' am y peth? Mae 'na Gogs ym mhobman yn y dre 'ma. Gogs a Hwntws, Cymry, Saeson, mwngrals, pobol o bob lliw a llun o bedwar ban. Poland, Romania, Pakistan a China a thu hwnt – be 'di'r iws pin-pointio? Pobol ydan ni i gyd. Dyna sy'n bwysig, a bod pawb yn gyrru mlaen.

Ond maen nhw dan anfantais, 'tydan, pobol ddŵad? Ddim yn dallt yr iaith na'r ffordd o fyw. A 'dach chi'n clywad amball stori, darllan petha yn y papur – nid 'mod i'n credu gair. Ma' rhai yn ddigon ffeind a gweithgar. Cydwybodol. Fatha'r genod bach o Gdansk sy'n gweithio yn McDonalds, rhwng Wicks a Comet ar gyrion dre. Lle cyfleus – popeth dan yr unto. Bwyd a diod, dillad, cemist, petha letrig, petha tŷ a gardd. Arbad crwydro, chwilio o siop i siop a blino. Ond ma' beryg ichi wario ffortiwn. Mi es i yno ddoe ar sbec – a chael modd i fyw. Prynu lori las i'r bychan, a chap coch. (Dwi'n pregethu digon bod isio cuddio'i glustia yn y tywydd oer.) Ac mi benderfynish dretio'n hun a phrynu mat bach del ar gyfar portsh y ffrynt – un a *Welcome* arno fo, gan feddwl y basa hynny'n arwydd o 'wyllys da.

Ond o'n i'n rong, on'd o'n i?

Dwi'n crynu drwydda i . . .

Dyma drio 'ymdawelu' eto fyth . . .

Mi brynish i set o betha cegin: brwsh a mop a menig rwbar. Dwi wrth 'y modd efo petha fel'na, a ma' 'nghwpwrdd-dan-y-sinc yn werth 'i weld. Ac yna mi benderfynish i gael trît: byrgar a charton o de. A'r genod bach o Gdansk oedd yn clirio'r byrdda a'r llanast ar y llawr. Pobol anystyriol yn lluchio petha'n flêr. Nhw'u dwy sy'n llnau'r toileda hefyd. Gweithio shifftia hir meddan nhw, a mynd i ddosbarth nos bob cyfla prin i ddysgu Sysnag. Isio mynd adra ma'n nhw – cariadon, teulu gynnyn nhw – a bod yn dîtshars. Pob lwc iddyn nhw – dyna ddeudish i, a dwi'n 'i feddwl o. Genod annwyl iawn. Mi ddaw 'u Sysnag chwap.

Rhai digon annwyl 'di genod canol drws-nesa-lawr. Yn barod i redag negas, gneud cymwynas. Mae hynny'n medru bod yn handi weithia – ond rhaid cadw independans hefyd. Peidio mynd i ddylad neb rhy aml neu mi eith o'n habit.

Dwi'n cerddad i siop y gornal bob bora a gyda'r nos. Mynd efo'r troli bach sgotsh plod i hel negas ysgafn – bara, llefrith, rhwbath bach i swpar, codi'r *Daily Post*, *Y Cymro* bob dydd Sadwrn. Dwi 'di ordro'r *Daily Post* yn arbennig i gael gwbod be sy'n digwydd adra. Dwi'n 'i licio fo'n well beth coblyn na'r *Western Mail* – 'mond selebritîs a pholitics a rygbi sy yn hwnnw. A *deaths* rhyw bobol ddiarth.

Ond mynd yno i gael cwmni ydw i mewn gwirionedd. Dwi'n licio sgwrsio efo Mr Patel am hyn a'r llall – tynnu'i goes o bod 'i stwff o'n ddrud neu past y sel-bei-dêt, ac y dylsa fo gynnig amball sbesial offer weithia. 'Dan ni'n dallt ein gilydd, er nad ydw i'n dallt pob gair o'i geg. Clên 'di Mrs Patel, hefyd, er nad oes ganddi lot i'w ddeud. Swildod ydi o, a fawr o Sysnag. Dwi'n tynnu'i choes hitha hefyd: deud y dylsa hi fynd i ddosbarth nos. Ond dwi'm yn meddwl 'i bod hi'n dallt.

Mi fuo 'na 'chydig bach o drwbwl yn ddiweddar. Crowd o hogia'n llercian ar y gornal. Gwisgo'u hwdia fyny ym mhob tywydd. Dim byd yn bod ar hynny, ond mi o'n nhw'n dychryn rhywun fatha fi. Un noson mi o'n nhw'n actio'n rhyfadd iawn, yn chwerthin a chwara'n wirion, fel tasan nhw 'di meddwi. Ond yfad Coca Cola oeddan nhw – neu felly o'n i'n 'i feddwl. Ond mi sylwish i 'u bod nhw'n tollti rhyw stwff clir i'r Coca Cola. Mi sonish i wrth Mr Patel – a mi alwodd o'r polîs. 'Dan ni ddim wedi'u gweld nhw ers hynny.

Dwi'n cyfarfod â phob math bobol yno. Pobol leol, lot o Gymry hefyd. Ar 'u ffordd i'r ysgol efo'r plant neu ar 'u ffordd o'r gwaith. Ar Sadyrna ma'n nhw'n mynd â'r plant i *ballet* neu gerddorfa – neu i chwara rygbi, a finna'n tynnu arnyn nhw, bod well gin i gêm dda o ffwtbol. Mai dyna oedd gêm fy hogyn i erstalwm.

Bob dydd Gwenar dwi'n gneud y siopa mawr yn Tesco. Y troli bach a bag-ffor-leiff a dau string bag. Dim o'r petha plastig 'ma – 'dach chi'n cael ecstra points am beidio'u hiwsio nhw. Dwi'n dal y *shuttle* adra – cyfleus, am ddim. Ond mae'n anodd cario'r cyfan mewn ac allan, a neb yn cynnig helpu. Dwi'n cymyd tacsi weithia, a theimlo'n rêl ledi hefyd. Ond mae o'n ddrud, a dwi'n poeni 'mod i'n cael 'y nhwyllo – methu gweld y cloc.

Dwi'm yn mynd i ganol dre yn aml. Sgin i'm mynadd. A dim egni. A dim cwmni cerddad rownd. Well gin i botran rownd y tŷ a'r ardd, gneud rhyw jobsys bach, cadw'n brysur. Peidio hel meddylia . . .

Dyma ni – twrw mawr drws-nesa-lawr. Y rhai hyna'n rhedag rownd a gweiddi fel anwariaid, y rhai ienga'n hefru ac yn crio.

A rŵan, y blwmin piano. Tasa hi'n chwara darna del fatha *Für Elise* neu *Chopsticks* – dwi'n cofio Deio'n toncian rheini – faswn i ddim yn cwyno. Na, 'mond *scales* ac *arpeggios* rownd y rîl – a'r rheini'n rong i gyd.

Saith o'r gloch y bora.

Dwyawr, felly, ers twrw'r dynion llefrith.

A finna'n troi a throsi a hel meddylia drwg.

Be dwi'n siarad?

Dwi'n effro ers hannar nos, pan glywish i'r cloc yn taro.

A gwichian y giât, a shyfflian traed ar y llwybr.

A dychryn yn ofnadwy . . .

Gorwadd â'r plancedi dros 'y mhen . . .

Cofio clywad sôn bod lladron yn yr ardal . . .

Clywad shyfflian eto ar y llwybr, a'r giât yn cael 'i chau.

Gorwadd am 'dwn i'm faint.

Ac yna – 'dwn i'm pam – penderfynu gneud rhwbath hollol dwp.

Codi i'r landin, sbio lawr ar ddrws y ffrynt, a thrio gweld drw'r gwydr.

A gweld dim byd – na neb.

Mynd lawr grisia, fel buish i wiriona.

A gneud rhwbath peryg iawn, dwi'n sylweddoli hynny rŵan.

Ond 'dach chi ddim yn rhesymu petha'n gall, a chitha wedi dychryn.

Agor y drws – y mymryn lleia.

Gweld dim o'i le i ddechra.

Dim difrod, dim wedi'i ddwyn. Pwy fasa isio dwyn dau whîli bin?

Clywad ogla ddaru mi – a'i weld, ar y mat a'r *Welcome* arno . . .

Lwmpyn mawr o gachu.

Ar fy rhiniog i fy hun.

Teimlo cyfog, teimlo'n flin, yn siomedig.

Lluchio'r mat i mewn i'r whîli bin – 'motsh pa un.

Cario dŵr mewn pwcad, a stwff glanhau a sgwrio a disinffectio gora medrwn i, a finna yn fy nghoban.

Dychmygu teimlo llygid arna i drw'r amsar . . .

Ffonio Deio.

Hi atebodd; methu dallt pwy oedd 'na'r adag yna. Mi oedd 'David' yn 'i wely medda hi. A hitha ddim yn teimlo'n dda, a'r bychan 'mond newydd setlo. Mi nesh i gydymdeimlo – dw inna'n cofio mynd bythefnos dros y dyddiad, yn cofio Deio'n anodd gyda'r nos. Ond mi ddeudish beth oedd wedi digwydd, gymint o'n i wedi dychryn, a gofyn, tybad, fedra Deio ddŵad draw?

'Now?' medda hi. A rhestri'r esgusodion: Deio'n gorfod cychwyn yn gynt nag arfar i fynd â'r bychan i Little Cherubs cyn mynd â'r car i'r garej a cherddad draw i'w waith. Ond mi aeth i'w nôl o, chwara teg. A fynta'n poeni, gofyn o'n i'n iawn – ddim 'di brifo, ddim 'di dychryn gormod. (Be 'di ystyr dychryn 'gormod'?) Ac addo dŵad draw taswn i wir isio cwmni. A hitha'n datgan yn y cefndir: 'She can always ask the neighbours.'

Dwi 'di blino gormod i hel rhagor o feddylia.

Ond mae'n anodd peidio.

Am be dwi'n poeni fwya?

Pwy ddaru?

A pham ddaru nhw?

Pa ddrwg dwi wedi'i neud i haeddu'r ffasiwn driniaeth?

Pam na ddaru Deio bicio draw?

Twt, mi ddaw o yma ar 'i ffordd i Little Cherubs.

Mi ga inna weld y bychan am bum munud.

Cyfla i mi roi'r cap a'r lori iddo fo.

Pam ddaru fi godi pac o'r gogladd?
   Gadael ffrindia a chymdogion?
   Symud i'r diawl lle 'ma?

Er mwyn cael bod yn agos at y teulu bach.
   Cael 'u cwmni, gwarchod, bod o help.
   Bod efo nhw, yn rhan ohonyn nhw.

   Ond tydw i ddim yn cael.

   Hynna sy wedi'n ysgwyd i i'r byw.

yr Escort

Ddiwrnod angladd Frank, mae Nesta'n gwneud ei phenderfyniad.

Mentro drwy ddrws cefn y garej a mynd i eistedd yn ei gar – yn sêt y dreifer. Dyw hi erioed wedi eistedd yno. Yn sêt y dreifer. Ddim erioed wedi gafael yn y llyw na thwtsh â'r switshes. Ond heddi, mae hi'n codi'i dwylo'n betrus, yn rhoi blaen ei bysedd ar y llyw. Ac yn teimlo'r wefr ryfedda. Ond sdim bwriad ganddi dwtsh â'r switshes. Eistedd, cofio a breuddwydio. Dyna'r cwbwl heddi.

'Nesta, beth am fynd am sbin?'

A Frank yn rhoi sychad i'r winsgrin a'r ffenestri. A'r lampau a'r bympers a'r hyb-caps nes bod y cwbwl yn sheino. A janglo'i fwnsh allweddi.

'Nesta! Dere!'

A bant â nhw i Morrisons. Neu'r syrjeri. Neu'r ciropodist yn dre. Sbin neu ddwy i lan y môr – ma' hi'n cofio'r rheini. A galw heibio i Dai a Nellie, ambell waith. Cyn i hynny ddod i ben. Fel popeth arall.

Wrth eistedd yno yng nghar Frank, yn sêt y dreifer, mae hi'n dychmygu rhoi allwedd yr ignision yn ei lle, a'i throi, a thanio'r enjin – a dreifo mas o'r garej! Dyna fyddai sbort ar ddiwrnod angladd Frank!

Ie, 'mond iddi gael gafael mewn boi â jac – i roi'r teiers nôl a symud y brics. A rhywun i jeco'r aer a'r brêcs. A rhoi petrol yn y tanc.

Mater bach fyddai dat-gloi drysau ffrynt y garej –
'mond cael gafael yn y bwnsh allweddi.

Petai hi 'mond yn gallu dreifo.

caru ti

Annwyl Mam,
    Wedi penderfynu mynd 'da'r lleill wedi'r cwbwl.
    Rhywbeth ecseiting i'w neud –
    er bo' ti'n meddwl bo' ni'n stiwpid.
    Plîs, Mam, ma'n rhaid i ti drio deall.
    Achos 'ma beth yw byw!
                     Caru ti x

    Traed-brain, sgrifen sgarlad
    ar bapur sgrap:

    Wedi penderfynu mynd 'da'r lleill . . .
    mynd gyda'r llu mewn Mini coch.

    Rhywbeth ecseiting i'w neud . . .
    cyffro lleuad Noswyl Ifan;
    herio'r nos, dilyn y sêr plygeiniol
    at yr haul rhwng meini hud.

    Stiwpid?
    Byrbwyll, ffôl,
    a minnau'n ddim ond mam,
    yn maddau iti d'ynfydrwydd,
    gan mai hyn, i ti, yw byw.

    Ond beth, i mi, yw marw?

Clywed cloc yn tician,
yn taro'r oriau oer
heb wich y gât
na chlic dy allwedd yn y clo
na sŵn dy lais
ymhlith bloeddiadau dierth;

ceir yn cyrraedd ac yn gadael,
drysau'n agor ac yn cau
a phob 'nos da' yn artaith;

hunllef chwerthin pobol eraill
yn diflannu draw i'r pellter;

a'r tician-taro taer
yn greulon, yn angheuol,
fel traed-brain ar bapur sgrap,
fel Mini sgarlad, rhacs.

Plîs, cariad,
mae'n rhaid i tithau drio deall.

Caru ti   x

Hotel Singel

Ddyddiadur Hoff . . .

Ha!

Mi gyrhaeddon ni o'r diwadd. Drw' ddŵr a brwmstan a drycin enbyd. Llifogydd yng Nghaerdydd, cylchu am awr yn y niwl dros Schipol, a'r mellt yn ddychryn. A Wendy'n biwis fel gafr ar d'rana, 'i llygaid yn dynn ynghau ac yn gafal yn 'y mraich fel feis nes oedd 'i gwinadd yn tynnu gwaed. Ac yn sibrwd 'Dwi isio Willy!' dan 'i gwynt.

Mi oedd hi wedi mynnu'i decstio fo o'r *departure lounge* – a datgan 'i negas i'r byd. '"Willy – ar fy ffordd i Uffern. Caru ti tw bits. Wandy Wendy."' A chwerthin a deud 'Fydd e'n lico 'na!' A finna'n syrthio i'r trap ac yn holi yn fy niniweidrwydd, 'Be 'di "wandy"?' A hitha'n colapsio chwerthin a finna'n flin wrthi am neud ffŵl ohona i eto fyth. A be s'arni'n mopio'i phen â'r bastad uffarn? Ond fel deudis i wrthi, rhyngddi hi a'i phetha y tro hwn. Mi ges i ddigon o bantomeim ynghylch 'Gerwyn, ddy lyf of mei leiff,' ym Mhrâg. Mi gallith hi, gobeithio. (Sym hôps!)

'*Good evening, ladies,*' medda'r gyrrwr tacsi, strîcs blond a beiseps brown. '*I take you into Amsterdam: my name is Diederik, you may call me Dick.*'

A Wendy'n codi'i haelia ac yn sibrwd, 'Gwd swmpad fan'na, glei!'

A'r boi'n sbio arni a deud yn 'i Sysnag herciog 'i fod o'n dallt tipyn o Gymraeg ar ôl treulio cyfnoda hapus iawn yng Nghymru yn hel tatws.

'Tato newi o'n nhw, ife?' medda hitha'n jarff gan drio'i ddal o allan.

'Ie glei! Tato newi sbon Shir Benfro!' medda fynta fatha nêtif, a refio'i dacsi.

Erbyn cyrradd yr Hotel Singel mi oedd Wendy'r gnawas wirion wedi'i berswadio fo i 'alw hibo' inni yn Siliwen ac wedi rhoi'i chyfeiriad e-bost iddo fo. Ac mi ffeindies i'n hun yn un o driawd yn gweiddi canu 'Sosban Fach'.

(Be s'arna i mor llywath?)

Mi gariodd 'Dick' ein bagia a rhoi'i gerdyn *Diederik Taxis* i ni – mi ddaw i'n cyfarfod fora Iau. A chyn imi fedru dadla dim, mi o'n nhw'u dau 'di cyfnewid rhifa'u mobeils a threfnu cwrdd ar y Liedesplein nos Ferchar.

'Pishyn handi!' medda Wendy wrth sbio ar 'i ben-ôl o'n diflannu draw i'w dacsi.

'Beth am Willy?' medda finna.

'Trici Dici, Wili Wancar!' medda hitha â winc ddrygionus.

O diar – dder mei bi trybl ahéd . . .

Ma'r Singel 'ma'n lle bach digon del. A'r pwyslais ar y bach.

'*Our single rooms are small. Your rooms – Miss Owen and Miss Jones . . .*'

A Wendy'n gwenu'n ddel . . .

'*Doctors, both . . .*'

Y ddwy eiliad ddisgwyliedig o amheuaeth a'r edrychiad cam arferol – ac yna'r gwyro pen a'r ymddiheurad ffals.

'*My apologies, good Doctors, both. Your rooms are on top floor. One small, one very small.*'

A Wendy'n dechra ar 'i '*discrimination against single people*' – 'i shpîl arferol. A'r boi'n sbio arni'n oeraidd fatha sffincs a hitha'n sbio fatha sarffas arno fynta a deud 'Bwbach' yn 'i wynab nes imi gael llond bol ac ymddiheuro drosti a folyntîrio'n galon fawr i gyd i gysgu yn y '*very small*'.

A dyma fi, mewn cwpwrdd yn y to. Dim ffenast, gwely cul yn agor lawr o'r wal, y mini-gawod wedi'i stwffio dan y bondo, toiled wysg ei ochor – 'a phisho ar dy draws!'

Gwir darogan fy hen ffrind. Ar ôl potel o Pinot Grigio, a giglio dros y jôc dreuliedig – '*Pee not, Grigio!*' – a llowcio 'bobo A-mwy-eto' a dymuno pen-blwydd hapus imi fory, mi o'n i'n pî-pî'n feddw beipan wysg fy ochr ac ar fy nhraws.

O, Mam bach, dwi'n meddwl 'mod i'n feddw fawr . . .

Ond ma' 'ngwely cula'n byd i'n glyd.

Nos dawch . . .

11.30 NOS FAWRTH

Am saith y bora be glywis i ond cnocio cynddeiriog ar ddrws fy nghwpwrdd a llais ffalseto gwirion yn canu 'Pen-blwydd Hapus'. Cyn imi gael cyfla i ddeifio o dan y *duvet* roedd y gnawas 'di stwffio cerdyn corni yn 'y ngwynab i.

'Gei di 'mhresant i ma'slaw.'

A winc fach beryg arall. A chlycha'n canu yn 'y mhenmaenmawr i.

'A beth ma'r byrthdei gyrl am neud ffyrst thing?'

'Marw. Yn dawal yn 'y nghwpwrdd.'

'Paid â bod yn sboilsbort. Ma' 'da ni eitinerari tyn: trip ar gwch, heiro beics, Van Gogh Museum, tai Ann Frank a Rembrandt – heb sôn am fynd i Fruges i weld y tiwlips.'

'Bygro'r blydi tiwlips!'

'Dere – gwd hŵdad a gwd wash, a fe fyddi di fel newydd!'

Gwir ei geiriau unwaith eto: chwydiad a chachiad wysg fy ochor, mini-cawod sydyn – ac o'n i'n barod am 'y mrecwast.

'Bwyd dryw, myn yffar i! Ond sdim ots. Stwffa'r rhain i'r *serviettes*.' (Rôls bara; caws a ham; fala a bananas.) 'Cino ar lan canal, wê-hei!'

Wê-hei yn wir – a rhagor o fisdimanors yn y cyntadd.

'Nawrte, watsha hyn . . . *Excuse me* . . .'

A'r sffincs yn gwenu'n wyliadwrus, a Wendy'n hollol wynderffwl wrth fynd drwy'i hact: '*As it's my best friend's special birthday, she'd like a better, bigger room. And a better, bigger bed!*'

Pwniad i 'mraich – 'Gwd Cynghanedd Sain, ontefe! A bydd yn ddiolchgar bo' fi'n bitsh fach ewn! Falle bydd gwely mowr yn handi iti heno – os cwrddi di â hansom hync wrth dip-tô-an rhwng y tiwlips!'

A'r sffincs yn gwenu – a finna'n meddwl beryg 'i fod ynta hefyd, fatha Dick, yn dallt Cymraeg. Ond beth bynnag oedd yn mynd drwy'i ben bach moel o – a dwi'n rhyw ama mai cael gwarad o'r ddwy ddynas wallgo 'ma o'i gyntadd oedd ar flaen 'i feddwl – mi gododd y ffôn a smalio dal pen rheswm efo rhywun, a nodio fath ag un o'r cŵn bach yna ar lastig.

A dyna pam dwi yma heno, yn y Breidal Swît.

7.00 BORA MERCHER

Mi o'n i'n rhy flinedig, neithiwr, i sgwennu llawar. Ond dyma gynnig arni cyn mynd lawr i frecwast.

A dyma welliant. Gwely pedwar-postyn, bathrwm marmor, ffenestri mawr – a'r olygfa dros y Singel Canal yn 'absoliwtli lyfli', chwedal Wendy. A chwara teg i'w chalon fawr mi ges i ben-blwydd i'w gofio yn 'i chwmni.

Ond dwi'n rhoi'r cart o flaen y ceffyl . . . Nôl at ddoe, a Wendy yn 'i helfen, yn swatio yn y drol fach las, a'r ceffyl llwyd yn trotian ar hyd ffyrdd coblog, coediog Amsterdam. (Gormodedd ansoddeiriau: chwynnwch, fyfyrwyr annwyl!)

'Sbia ar adlewyrchiad y coed yn y dŵr!' medda fi.

'Gwynta'r dom ceffyl!' medda hitha. 'Yn gwmws fel ffarm ta'cu yn Cribyn slawer dydd!'

Croesi pontydd igam-ogam dros gamlesi, tynnu llunia, chwerthin – a Wendy yn 'i hwylia gora. Dim sôn am Willy unwaith, er iddi sbio ar 'i ffôn sawl gwaith. Dwi'n gobeithio na neith o ffonio. A gobeithio na neith hitha 'i hiselhau 'i hun – ond ffonio neith hi, garantîd.

Ar ôl ffarwelio â Jan y gyrrwr, a Wendy'n gaddo

croeso cynnas iddo fynta hefyd i Siliwen – nefi wen, pwy nesa! – dyma fyta'r fala a'r bananas o'n ni wedi'u dwyn o'r Singel. (A lluchio'r rôls a'r drewdod caws a ham i'r elyrch ar y Prinsengracht canal.)

'Reit 'te, bobo ddrinc!'

Lager cryf ar fainc gysgodol, ac un arall eto – ac o'n i bron â marw isio cysgu.

'*No sleeping on tour!*' medda Wendy, ar ein trydydd lager. Erbyn hynny mi oeddan ni'n wel-awei ein dwy, wê-hei!

(Rhag i rywun, rywdro – ymchwilwyr y dyfodol? Ha! – gael yr argraff mai gwagsymera ddaru ni drwy'r dydd, dyma nodi inni dreulio orig werthfawr yn nhŷ Rembrandt a dwyawr dda yn oriel wych Van Gogh. Mi aethon ni i dŷ Ann Frank, ond er siom i Wendy, mi wrthodis i fynd mewn. Fedrwn i ddim stumogi'r tristwch, dim ar ddiwrnod 'y mhen blwydd, a hitha'n brynhawn braf o Ebrill hirfelyn tesog, a'r ddaear yn lasfeichiog an' ôl ddat . . .)

Wrth anelu am y Singel, a Wendy'n studio'r *Rough Guide*, dyma'r winc fach beryg unwaith eto.

'Dere, dîtwr bach amdani . . .'

'I ble?' medda finna, gan synhwyro drwg yn y caws. Ond pan ddudis i hynna mi atebodd hi fel shot – '*Edam*, ife?' – a chwerthin fatha ffŵl. A finna'n chwerthin efo hi, siŵr iawn.

A ninna'n crwydro'n bell o'n ffordd, y cyfan ddeudodd hi oedd, 'Wy'n mynd â ti i le diddorol . . .'

Mi oedd y Bulldog Tavern yn lle diddorol iawn. Mi suddodd 'y nghalon fach i wrth gerddad mewn i'r stafall dywyll. Blawd llif ar loria pren, pobol od, ogla od – a chownteri gwydr â'u llond o becynna bach brown. Od.

'Wendy!' medda fi. 'Tyd o 'ma rŵan hyn!'

Rhy hwyr. Mi oedd hi'n pwyntio at ryw becyn *Super Skunk* ac yn bargeinio'n awdurdodol efo boi plorog mewn crysbas biws.

'Pen-blwydd ha-ha-hapus!' medda hi allan ar y pafin, gan stwffio'r pecyn yn fy llaw.

'Dim thanciw feri mytsh!' medda fi.

''Bach o sbort, 'na gyd, Gwen fach! Cwbwl gyfreithlon, 'fyd. A phaid â becso, fe shgwla i ar dy ôl di.'

'Dwi'm yn bwriadu cyffwrdd yn y sbwrial peryg!' medda fi eto, 'di dychryn.

'Gwen, ti mor gomic pan ti'n grac!' medda'r jolpan a chwerthin a gafal yn 'y mraich a dechra canu . . .

'*Amdanat ti mae sôn, Mentra Gwen, Mentra Gwen . . .*'

'Hen jôc, Wendy!'

'. . . *O Fynwy Fawr i Fôn, Me-e-entra Gwen!*'

A chanu ddaru hi'r holl ffordd at y gwesty. A ninna fraich-ym-mraich. A finna isio'i dyrnu hi. Bob yn ail â gwasgu'i llaw yn dynn.

1.00 DYDD MERCHER

Dwi'n sgwennu hwn yn lolfa'r Krasnapolsky. Crand! 'Pidwch siarad!' chwedal Wendy. 'I syniad hi oedd dŵad yma am bî-pî, a finna'n dilyn yn 'i chysgod. Ac am doileda! Tapia euraid, carpad gwyn, a dynas yn sychu'r sêt a sbreio ogla da ar ôl ichi orffan.

Dŵr tap 'dan ni'n yfad – a sglaffio'r beits sy ar y bar. Sbario talu'n ddrud am ginio. Mae Wendy'n sgwennu cardia post – sgin i ddim awydd. Mae hi wrthi'n sgwennu un at Willy – un anllad efo lot o gocia o bob lliw a llun.

Dwi'm yn meddwl 'i bod hi wedi'i ffonio fo . . .

Dwi'n trio cofio be ddigwyddodd weddill neithiwr: ma' petha braidd yn niwlog. 'Rhaid dathlu dy ben blwydd mewn steil!' oedd datganiad Wendy a dwi'n cofio'i pherswadio hi mai dathlu efo 'chydig (Ha!) o alcohol fydda ora, nid efo gweiriach amheus mewn pecyn brown. 'Ocê, nos fory fydd y nosweth fowr.' (Heno 'di hynny! Gylp!) Ond mae'r pecyn yn saff yng nghabinet fy stafall molchi, a fan'no y bydd o hefyd, nes i mi gael cyfla i'w 'golli'. ('Biti garw, Wendy; rhaid bod y ddynas llnau wedi'i ddwyn.')

True to nature, be ddaru'r galon fawr oedd dŵad â photal o bybli i'r Breidal Swît inni gael llymad cyn mynd allan. Mi eisteddon ni wrth y ffenast fawr, a gwagio'r botal. Mi o'n ni'n tipsi cyn cychwyn chwilio am le bwyd.

Draw wrth y farchnad floda mi ffindion ni'r Yellow Tulip – bistro'n wynebu ar y Singel Canal – a chael prydyn da a photel o'r hen Pinot. A sbio ar y sioe ryfeddol dros y ffordd: cannoedd o diwlips lliwgar mewn potia ar y pafin ac ar y cychod wrth y cei. A mi sylwon ni'n sydyn ar dusw o diwlips melyn wedi'u taflu i fin sbwriel o flaen y ffenast.

''Na ti sialens i awdures fowr!' medda Wendy. 'A dy gyw awduron di! "Fyfyrwyr hoff, sgrifennwch stori'r 'Llond bin o Diwlips Melyn'".'

'Cariad wedi suro,' medda fi fel shot.

'Sori,' medda hi a gafal yn fy llaw.

'Twt, mae hynna drosodd, tydi?' medda fi.

'Deuda di,' medda hi, a sbio arna i'n od. Damia hi . . .

'Fe sgrifennen inne am ddyn yn prynu blode i'w fenyw-ar-y-slei,' medda hi eto. 'A cha'l 'i ddal 'da'i wraig, pŵr dab.'

Cyn imi orfod gwrando ar y stori wirion amdani hi a Willy eto fyth, be welson ni ond styllan o hen wreigan yn sbio ar y bloda ac yna'n sbio rownd – a'n gweld ni'n sbio arni hitha. Mi winciodd arnon ni a phlygu fatha dynas rwbar a'u codi'n orfoleddus uwch 'i phen a gwenu gwên fawr fantach a'i heglu hi o 'na. Welis i 'rioed geriatreg fach mor chwimwth.

'Boerenkass,' medda Wendy'n ddifrifol. 'Caws trwm o garbs. Fentra i taw 'na beth ga'th hi i swper – Boerenkass a phlated o gig llo wedi'u golchi lawr â Heineken ne' dri. Sdim rhyfedd 'i bod hi'n whimwth!'

Hen wreigan wantan, wedi dod o hyd i aur. Be ddaru hi â nhw? Eu stwffio i botyn ar fwrdd 'i chegin? Eu rhoi i rywun? Ffrind, perthynas, plentyn – merch neu wyras, ella? Eu sodro nhw ar fedd? Cha' i byth wbod.

Mae 'na diwlips ym mhob twll a chornal o'r ddinas 'ma. Dwi 'di cyfri pymthag potyn yn y gwesty 'ma, yn y cyntadd a'r lolfa a fyny'r grisia crand. Maen nhw'n medru tyfu arnoch chi, tiwlips, yn enwedig y rhai melyn. Dwi'm yn gwbod pam.

Chawn ni'm cyfla i fynd i Fruges. Biti; mi faswn i 'di licio gweld y caea lliwgar fatha cwilts. Ein 'galifant bach nesa ella – os na ddifethith Wendy a Willy betha.

Y ceubosh neithiwr oedd 'y bobo A-mwy-eto' yn y Breidal Swît.

Dwi'n cofio dal llaw Wendy wrth y ffenast fawr, a deud 'mod i'n 'i charu hi. A methu credu imi fod mor feddw wirion. Dwi'n cofio hitha'n chwerthin a deud 'Caru tithe 'fyd, gw'gerl!'

Dwi'n cofio Wendy'n cropian am y drws a finna'n colapsio ar 'y ngwely.

A dwi'n cofio crio'n hun i gysgu.

A deffro'n noethlymun gorn am saith y bora efo'r gola mlaen a'r cyrtans yn agorad.

Dwi'm 'di sôn wrth Wendy.

Mae hi wrthi'n codi'i phac. 'Dan ni'n mynd i'r Rijksmuseum.

Mi sgwenna i ragor heno.

11.00 NOS FERCHER

Wel, 'dan ni adra'n saff yn y Singel. Dwi yn fy jamas – wedi dysgu 'ngwers ers neithiwr – ac yn barod am y ciando. Ond mae Wendy wedi mynnu aros yn y bar efo criw o 'fois diddorol' – gan gynnwys, ie, Trici Dici Diederik. Mi ddaeth o i'n cyfarfod ar y Liedesplein yn ôl y trefniant.

Y Liedesplein!

''Ma ti sioc i groten fach o Gapel Iwan!' chwedal Wendy, a'i ll'gada'n stond, er 'i bod hi'n smalio bod yn cŵl.

Llond sgwâr o bobol rhwng y byd hwn a'r nefoedd

yn smocio'n ddyfal neu'n yfad cania neu'n chwydu'u gyts neu'n gneud rhyw betha rhywiol od neu'n cropian ar 'u pedwar rhwng y llwyni – neu'r cyfan yr un pryd ac efo'i gilydd. Neu felly o'n i'n gweld petha.

A Wendy a Dici ynghlwm yn 'i gilydd yn smocio'i hochor hi. (Mi fuo hi'n rhy giwt i adal i mi 'golli' dim o'r hashish.) A finna'n ffieiddio'r chwara plant.

'Gwen, plîs cymer bwff,' medda hi. 'Cyn i dy bresant di losgi'n ulw.'

'Ffîl ffrî!' medda finna. 'Achos dwi'n mynd o 'ma, rŵan!'

'Paid â bod fel'na.'

Ma'n gas gin i 'i llais hogan bach ddiniwad.

'Mi 'na i fel licia i!' medda fi – gan 'y nychryn i'n hun.

'I lle'r ei di?' medda hitha, ar gyrion callinab.

'Adra i'r Singel!'

'Ond hon yw'n nosweth ola ni.'

'Wendy!' medda fi, fatha mwnci ar ben caetsh. 'Croeso iti dreulio gweddill y "nosweth ola" hebdda i ond efo – hwn!'

Sioc. Iddi hi a minna a giami Dici. Ond neb yn gneud unrhyw fŵf.

Wendy ildiodd o'r diwadd.

'Sori, Gwen,' medda hi, a diffodd y sbrigyn a stwffio gweddill y pecyn ar Dici.

'Presant i ti, Dici bach, er cof am Gwen a finne.'

'Dim byd i' neud â fi!' medda fi fatha shot.

'Er cof?' mynta Dici, a'i l'gada fo'n dyfrio. A finna'n fy nhwpdra'n meddwl 'i fod o dan deimlad.

Mi gefnon ni ar y Liedesplein a'i 'drythyllwch', diolch byth. (Tybad gafodd Ellis Wynne drip i

Amsterdam – *yn* Amsterdam?! Gwen, on'd wyt ti'n ffraeth? Ei wish, ddyddiadur hoff, ei wish.) Ond mi aethon ni o'r badall ffrio ar ein penna i'r tân. Trepsio Strydoedd Plesar, a Dici'n trotian ar ein hola fath ag oen llywath 'ar ffarm ta'cu yn Cribyn slawer dydd.' Ond wrth nesu at y Krasnapolsky, dyma fo'n bywiogi drwyddo ac yn gweiddi, '*I take you to the red light district!*'

'Bant â ni, gwboi!' medda Wendy. A finna'n 'u dilyn, wrth gwrs, er bod 'na ola coch, un anfarth, yn fflachio yn 'y mhen wrth inni drêpsio heibio i gefn y Krasnapolsky at yr Oude Kerk, lle, o ran diddordab mawr i mi, y bedyddiwyd plant Rembrandt ac y claddwyd Saskia'i wraig. Ond ches i ddim oedi yno; rhaid oedd mentro rownd y gornal. A gweld petha mawr. 'Sodom a Gomora!', chwedal Nain. 'Genod drwg drybeilig', chwedal Dad, a'r rheini'n loetran yn hannar noeth mewn drysa, yn gorweddian yn ddig'wilydd méwn ffenestri – wedi'u gneud yn arbennig, dalltwch, a'u goleuo'n goch a phinc. A dynion y *stag weekends* bondigrybwyll wrthi'n 'stagio' – ha! – drw'r gwydr. A'r siopa'n gwerthu petha plastig annymunol iawn. Welis i rytshwn garnifal yn 'y myw.

Wrth ddarllan be dwi newydd sgwennu rŵan dwi'n swnio'n debyg i Miss Harris Hanas oedd yn eiti-nein os oedd hi'n hannar cant.

Dwi newydd ddŵad o'r lle-chwech – a gweld dynas mewn jamas yn y drych. Dynas eiti-nein, sy'n hannar cant ers ddoe. Ac yn teimlo'i hoed ar ôl y tridia diwetha 'ma.

Nos dawch.

(Ble ddiawl ma' Wendy?)

11.00 BORA IAU

Schipol. A theirawr ddiflas i'w lladd. Y ffleit wedi'i gohirio a Wendy'n cysgu ar ei hyd ar fainc – '*No sleeping on tour!*' myn diain i!

Dwi'm yn siŵr lle ma' dechra – yn y drefn y digwyddodd petha, debyg . . .

Cael 'y neffro am ddau y bora gin Wendy'n cnocio ar 'y nrws.

'Be sy?' medda fi, 'di dychryn.

'Ma' Willy wedi ffono!'

'Dwi'm isio gwbod!'

'A thecsto sawlgwaith!'

'Wendy – mas!'

'Ond Gwen, fi mor hapus! Y'n ni'n mynd i briodi!'

Jyst fel'na, fatha swadan dros 'y moch.

'Wel?' medda hi.

'Dos i dy wely,' medda fi.

Ond martshio at y mini-bar ddaru hi, ac mi ffindish i fy hun yn codi gwydryn o siampên (gan drio peidio meddwl am y bil) 'i Wendy a Willy'.

Pam aflwydd na fyswn i 'di rhoi pregath iddi? Ond sut fedrwn i, a hitha'n paldaruo am y 'dyfodol cyffrous'? A finna mor simsan â gwelltyn yn y gwynt.

'Ble ma' Dici?' meddwn i, gan drio troi'r sgwrs.

'I'r diawl â Dici!' medda hi. A'r peth nesa, mi

71

afaelodd yndda i a dechra dawnsio a llafarganu, 'Eim in lyrf! Eim in lyst!'

A dyna lle o'n ni'n chwyrlïo rownd y stafall a hitha'n canu *'When it's Spring again I'll bring again, Tulips from Amsterdam!'*

Rownd a rownd nes o'n i'n teimlo'n chwil.

'With a heart that's true, I'll give to you, Tulips from Amsterdam!'

Mi agorodd hi'r cyrtans – 'Fi'n moyn rhannu'n hapusrwydd!' A finna'n gweld ein hadlewyrchiad yn y ffenast: Wendy mewn sodla uchal, legins a thop du efo gwddw isal, 'i gwallt yn flêr a'i llygaid yn wyllt a'r jingilarins rownd 'i gwddf ac yn 'i chlustia'n fflachio. A finna yn fy jamas *winceyette* efo streipan las.

Mi drois i ffwrdd mewn cywilydd, a'i weld o, drwy gornal fy llygaid, mewn ffenast ar draws y canal. Mi oedd o'n dawnsio efo ni, yn troi a throi i'r rhythm.

'Like the windmill keeps on turning, That's how my heart keeps on yearning . . .'

'Max Bygraves,' medda Wendy. 'Ti'n 'i gofio fe?'

A dechra canu eto gan ychwanegu tra-la-la bach gwirion bob hyn-a-hyn.

Mi oedd o'n dal i ddawnsio efo ni. Yn 'i ffenast. A honno wedi'i goleuo'n binc. Lamp fach isal yn y cefndir. Ac ynta mewn silwét.

Yn noeth.

'Wendy,' medda fi.

'Ie?' medda hi, yn fyr 'i gwynt.

'Sbia.'

Ac mi sbiodd.

A stopio dawnsio.

Mi gododd o'i law.

A rhwbath arall hefyd . . .

(Mae'n anodd imi sgwennu hyn, ond dwi ddim isio jibio.)

'Ych-a-fi,' medda Wendy, a fflopio ar y gwely.

Wrth imi gau'r cyrtans, mi oedd o'n dal i wafio arnon ni.

'Sglyfath!' medda fi.

'Ie,' medda hi.

Wendy, druan, yn gorwadd ar 'y ngwely fatha hogan bach, yn codi'i breichia ata i, a sibrwd, 'Gwen, dere cwtsh.'

A dyna fuo.

Cwtsh 'Nos da'.

A dyma ni yn Schipol. A finna'n sbio ar y tiwlip pren â'i betala melyn, brau: 'Presant pen-blwydd o Amsterdam. A sori am yr un arall, sili.' A'i cherdyn post o'r Singel: 'Diolch am dy gwmni. Bruges – a'r tiwlips – trip nesa! Cariad, Wendy.'

Dwi 'di prynu rhwbath iddi hitha, hefyd. Llun bach dyfrlliw o diwlip melyn.

Maen nhw wedi'n galw ni. Bydd rhaid deffro Wendy. A'r peth cynta neith hi fydd tecstio Willy i ddeud ein bod ni ar ein ffordd.

Mi oedd cyrtans yn cuddio ffenast y diawl perfert y bora 'ma.

Doedd dim sôn am Dici, chwaith. Y cr'adur 'di cael llond bol ar genod anystywallt Cymru fach? Tybad ddaw o heibio i Siliwen wedi'r cyfan?

Beryg na fydd Wendy yno, os llwyddith Willy i'w thwyllo hi'n derfynol.

'Terfynol.'

Gair da i orffan hyn o lith, ddyddiadur hoff.

Aultbea

Cam gwag oedd cefnu ar wres Strathnairn a'i dirwedd
ir: gwartheg hirgorn yn rhwth wrth berth, dyrnu taer
peiriannau yn y tes, llynnoedd llonydd, defaid swrth a
sawr buarthau. A'r machlud gwridog godidog o hael.

Yma, yn fy ngwesty, mewn twll o stafell uwchben y
bar, atsain crochleisiau Sassenachs. Y tu hwnt i'r
ffenest, niwl y nos ac awyr gwrm fel hen garthen
Melin Cenarth dros y môr.

Anhygoel yw rhagolygon y teledu; y mapiau'n frith o
heuliau, dim un cwmwl ar y gorwel. Disgwylir
diwrnod disglair arall fory, fel heddiw, ddoe ac echdoe.

Celwydd golau i dwyllo un sy'n unig, heno, ymhell o
dre.

Petaet ti yma, fe ddwedet, 'Dere di, ma' fory heb 'i
dwtsh.'

Rwtsh yw hynny, hefyd.

damo

'"Yf win, cei huno'n hir yn erw'r plwy." Sa i'n cofio rhagor.'

'Tria!'

'Ti'n hen fwli!'

'A tithe fel asyn!'

Gwenu.

'Doctor Tom roiodd ordors i ti, ontefe? "Rhowch hwb i'w chof hi."'

A finne'n gwenu 'da hi.

'Ocê – "Heb ffrind na phriod i'th ddiddanu mwy." Ti'n hapus nawr? A ti'n moyn "y rhos a wywodd" hefyd?'

'Na.'

Gafael yn fy llaw.

'Sori.'

'"So ffrindie'n goffod ymddiheuro." Cofio?'

'Cofio. A chofia dithe taw ti sy'n trefnu'r parti. Gofalu bod 'na lot o sbort – canu, cloncan, cofio'r dyddie da. A fe gewch chi Chablis – a finne'n talu.'

A'i gwên yn annioddefol.

'A dim llefen, reit! Ac erbyn meddwl – fe neith plonc y tro i ti, gw-gerl. Ie – "Parti Clonc a Phlonc"! Damo chi, y cnafon lwcus!'

Damo, damo hithe.

under the stairwell

Mae pen-ôl fi'n ffycin sore. Yours would be too after sittin yn y ffycin damp an' cold am ages. Yn watsho'r ffycers yn ignoro ti completely, fel ti'n invisible to the human eye. Neu what's worse, yn edrych arnat ti fel ti'n lump o ffycin shit.

Sorry, I'm not apologisin for my language. Take it or leave it, fel hyn fi'n ffycin siarad. A chi wedi gofyn am 'interview' – beth yw e yn Cymraeg? Ay, that's it – cyf-wel-iad. So let's get on with it.

Beth chi'n moyn fi weud? Fi folon gweud unrhyw beth – for a ffycin fee! Ond chi'n moyn i fi fihafio, siŵr o fod. A pido 'siarad yn anweddus' – good word, 'anweddus'. O'n nhw'n gweud e lot yn ysgol. Another good one – 'cywilyddus'. A 'byddwch ar eich gorau glas'. O'dd hynna'n ticlo fi. 'Nawrte blant,' o'dd Mrs Gwyn yn gweud – 'Pawb ar eu gorau glas!' A'r Welshy geeks yn 'helpu' ni, y ffycers twp, a gweud '"Blue best" yw "gorau glas"'. Thanks a bunch. It'll come in very handy I am sure!

'Any spare change?' – 'na beth fi'n gweud fan hyn. A ripîto fe over an' over fel ffycin robot, a stero into sbês. So ti'n edrych arnyn nhw ti'n gweld – o na, no eye contact whatsoever. Neu ti'n ffycd. Ma' rhywun siŵr o ddechre conversation, neu mynd yn confrontational, neu'n abusive, more like. Neu what's worse, yn sofft a sentimental a llawn piti – an' I tell you what, that's fatal.

Na, os ti'n cadw pen ti lawr, an' keep on chantin 'Any spare change?' fel ffycin Dalek, ti'n comparatively safe. Ond ti'n cadw tipyn bach o self esteem wrth gofio miwn yn pen ti taw beth ti'n rîlî gweud yw 'Come on, you buggers! I'm not askin for a fuckin fortune! Jyst cwpwl o coins i ga'l cup o' tea a bacon butty lawr 'da Terry.' Mind you, mae'n galed diolch am measly fifteen pence. A mae'n galed cau ceg ti a'r ffycers yn gweiddi 'Get a life!' neu 'Piss off, Piss-head!' Neu pan ma'n nhw'n accidentally cico ti yn sly.

Mae'n generally hard, that's the truth. Pwy yn ei right mind sy'n folon ishte cross-legged ar y llawr am orie? 'Beggars and protesters, Mahatma Ghandi and the likes,' medde Dad fi. 'Ravin nutters one an' all.'

O'dd e'n credu bo' fi'n nutter. O'dd e ddim yn gwbod bo' fi'n beggar.

Mae hi'n od heb Dad fi. 'Na pryd ddechreuodd y ffycin rot, pan a'th e bant am byth. Couldn't handle it, me. Went completely off y rails. Ypseto pawb – Mam fi, chwaer fi, cariad fi. Na, keep off that, please. Sa i'n moyn siarad am y peth.

Strangers, passers-by, faces in the crowd – 'na'r unig rai fi'n gallu handlo. Pobol fi ddim yn nabod. Pobol ddim yn nabod fi. No questions asked. An' like I said – the golden rule – paid siarad â neb. Byth. Keep off.

Ond rhai gweithiau mae e'n galed iawn. Ti'n moyn siarad, discusso'r news, y tywydd, politics – pethe normal. Ti'n moyn sefyll lan a gweiddi bo' ti'n intelligent an' sensitive human being, jyst fel nhw, ond wedi ca'l bad luck. Ond ti'n goffod stopo dy hunan a gweud 'Hold on Lisa, get a grip!'

'Na beth wy'n gweud yn pen fi all the time. 'Get a grip.' A fi'n canu yn pen fi 'fyd – wel, yn calon fi, rîlî.

> *Under the boardwalk, out of the sun,*
> *Under the boardwalk, we'll be havin some fun . . .*

A neb yn gallu clywed.

> *Under the boardwalk, people walkin above,*
> *Under the boardwalk, we'll be makin love . . .*

Good song honna. Big comfort i fi, fan hyn 'under the stairwell'. Jôc! You gorra laugh sometimes! Or go off the fuckin wall.

Good group too, The Drifters. 'Stand By Me', 'Save the Last Dance for Me', 'Up on the Roof' . . .

> *When this old world starts getting me down*
> *And people are just too much for me to face,*
> *I climb way up to the top of the stairs*
> *And all my cares just drift right into space . . .*

Fi'n lico 'na – bo' pethe sy'n messo pen ti lan yn hedfan mas o pen ti miwn i sbês. Trouble is, easier said than done.

Fi'n dringo lan i top floor y lle 'ma rhai gweithiau, a mynd mas ar ben y to a sefyll dan y sêr. Fi'n edrych lawr, gweld y city lights yn winco, y Dinky cars, pobol fel Lilliputians. Wedyn fi'n edrych lan, yn gweld the bigger picture. A ma' fe'n bwrw fi yn gyts fi. Bob tro, without fail. A fi'n sefyll 'na, yn dizzy, yn teimlo'n tiny, yn pishyn rîlî tiny o rwbeth huge, magnificent a gwych.

79

A fi'n meddwl 'What the fuck?' Pam becso pen fi am pethe trivial? Pam meddwl am fi fy hunan, a ffycin milions mas 'na lot worse off na fi? Babis bach a plant yn ca'l 'u torturo a'u lladd, while I'm standin gazin at the fuckin stars? Gazin at my fuckin navel more like. A fi'n gweud wrth fi fy hunan – 'Get your fucking act together, Lisa! Neud rhwbeth â dy ffycin life!'

A wedyn fi'n mynd nôl lawr y steps, lawr a lawr i'r gwaelod, i ishte ar blanced fi dan y stairwell, a codi hwd fi lan. A cwato yn byd bach private fi. Anghofio am y ffycin universe a'r milions plant a babis. Meddwl jyst am fi. Neb arall.

A mantra fi yw 'Lisa, ti yw'r number one, okay? The centre of the fuckin universe. End of story.'

Shit yw hyn, fi'n gwbod. 'Analgesic', 'anaesthetic', fel ma'n nhw'n gweud lawr y Centre. 'Panacea', fel o'dd Mrs John yn gweud yn y gwersi 'Heddiw a'r Clasuron'. 'Yr eli at bob clwy' – fi'n cofio exact geiriau hi. 'The elixir of life'.

Fi wedi trio lot o ffycin elixirs, fi. Quick fixes, slow burners, soothers, mind destroyers – popeth. A sod all yn gwitho. Popeth yn one huge con. A ti'n endo lan yn ffycd one way or another . . .

Sa i'n cymryd dim byd nawr. Mae wedi bod yn galed. Ond I did it – my way – with a little help from my friends lawr y Centre. A fi nearly there. 'Wedi dysgu fy ngwers' – thankyou Mrs Gwyn! 'Y chwarae wedi troi'n chwerw' an' all that.

Fi'n credu taw'r band Panacea o'dd yn canu 'You make me feel so high, I wanna touch the sky.'

Ond sa i'n siŵr.

Ble o'n i?

'Lisa, ti yw'r number one.'

Ie – fi'n lico gweud 'na. Fi'n goffod gweud e. A fi'n gweud e lot. Keeps me going. Neud fi deimlo'n well. Yn saff. Yn sorted. 'Sorted in the Stairwell and other stories.' Ha! Nes bod rhyw dick-heads yn dod a taunto fi, neu'r Gestapo gyda'u 'Move-on – now!' neu do-gooders yn cynnig te i fi yn Tabernacl, neu jobyn mewn ffycin gardd. Neu Mrs John yn edrych arna i'n sad – God, o'dd hynna'n funny.

'Lisa! Beth ti'n neud fan hyn?'

Shock, horror. But what the fuck does she think I'm doing? Cerdd dant or dawnsio gwerin?

Yr wthnos wedyn, beth wedodd hi o'dd 'Lisa, so ti 'ma o hyd?' A'r wthnos wedyn, 'Lisa, sa i isie dy weld di 'ma byth 'to! Ti'n deall?'

A wedes i, 'Iawn, Mrs John.' Just to make her happy. And that's it. Never seen her since. Sa i'n gwbod pam, achos fi 'ma bob dydd. Ddim isie gweld fi, falle. Mynd i barco car hi rhwle arall. Neu wedi rhoi give up.

'Lisa, rhyntoch chi a'ch cawl!'

'Na beth o'dd pawb yn gweud – pawb ond hi. Fi'n meddwl falle bod hi wedi cico'r bwced – God, gobitho ddim. Achos fi'n lico Mrs John. Menyw neis, good fun, good teacher. A o'dd soft sbot 'da hi amdana i. A high hopes 'fyd.

'Chi'n ddisgybl galluog, Lisa. Gallwch chi gael graddau da, mynd i'r coleg, dim ond i chi weithio.'

Too late now. Fi wedi mucko pethe lan big time. Stairwell yr NCP yw'r lle i fi. But still – falle . . . Ie, falle bydda i'n dangos iddyn nhw ryw ddydd. Profi iddyn nhw.

'Profi' beth exactly, Lisa? Bo' ti ddim yn stiwpid, ddim yn ffycd, ddim yn piss-head, ddim yn drygi?

In the meantime – chi isie gwbod beth fi'n neud â ffycin life fi? Okay – cwtsh up an' I'll tell you. This is my story, Jackanory. Fi'n ishte fan hyn, solid, apart from mynd i'r toilet yn yr Hayes a ca'l cup o' tea 'da Terry. A cysgu yn alleyway'r New Theatre pan fydd fan hyn yn cau. Neu ffrynt y Royal Arcade, neu doorway'r Central Market neu gardd yr eglwys neu shelter yn y bus station. My favourite places, them. Ar ben hunan fi most times; gyda pobol erill sometimes. George a Babs a Rusty. Good mate, George. Babs yn Babs. Can't stand that fuckin Rusty.

Fi'n mynd bant sometimes – 'nawr ac yn y man' – Mrs Gwyn again! Llunden, Birmingham, Manchester. Nottingham a few times – fuckin hell-hole! Ond Llunden yw'r pits. Especially around Piccadilly Circus.

Na, sa i'n moyn siarad ymbytu 'na.

Anyway, fi wastad yn dod nôl. I le fi'n nabod. At bobol sy'n nabod fi. I know I'm contradicting myself completely. One minute I can't cope with people, munud nesa fi'n moyn cwmni. Like a fuckin bird, me, flyin round in circles. Ond 'nawr ac yn y man', fi'n lico cwmni, lico siarad. It's only natural. For example, ma' rhai o ffrindie ysgol fi yn stopo i siarad, paso'r time o' day. Ond ma' rhai yn paso hibo. Pretendo bo' nhw ddim yn nabod fi. An' I don' blame them. I'd do the same myself.

O'dd pethe'n galed ar y dechre gyda neighbours fi o gatre. 'No snitchin to my family, right?' 'Na beth o'n i'n gweud. 'Don't tell them that you've seen me here.' Ond nawr, I just don' care a shit. They can go tell it on the fuckin mountain if they want! Since there's nobody left to snitch to. Nobody left to care.

Fi'n dechre teimlo rîli down . . .

Buck up, Lisa . . .

Mae digon o 'do-gooders' sy'n deadly serious isie helpu. Fel y fenyw Social Services a'i 'postive thinking' a'i 'forward planning concepts' a'i 'negate the negatives!'

What the fuck!

Fi rîli wedi trio: skills workshops, training courses, jolly bonding weekends. Fi even wedi trio 'da'r *Big Issue*. The 'working, not begging' bit. Cael training, backing – popeth. But I couldn't cope. Sa i'n lico pobol. Na cŵn. Na sefyll ymbytu'n jocan bod yn neis. Just not my scene.

'Dim commitment! Dyna'ch problem chi, ontefe Lisa!'

Chorus yr athrawon yn yr ysgol – pawb ond Mrs John. Right on, pawb ond Mrs John. I don't do commitment.

'Y gorau oll' – mae dyled fi yn fawr i Mrs Gwyn – yw'r fenyw 'na o Tabernacl yn gweud 'Croeso i gymdeithas gynnes Tabernacl' cyn reporto fi i'r social services. 'Er eich lles eich hunan, Lisa'. Lles fy hunan my fuckin foot! Just achos bo' fi 'di galw'i sandwiches hi'n 'stinkin'. Ond ma' lot 'run peth â hi. 'Being cruel to be kind.'

Bring back Mrs John, I say. Achos o'dd hi'n deall.

'Ma'n rhaid i chi ddod mas o'r sbeiral diflas 'ma.'

Very true. Ffycin downward spiral. Lawr a lawr – nes cyrraedd y rock bottom. Fan hyn, ar pen-ôl fi, dan y ffycin stairwell 'ma.

Ble wedyn? Sa i'n gwbod, odw i! End of fuckin freefall falle! End of fuckin everythin! So lay off will you! Sa i isie meddwl dim am 'wedyn'! Sa i isie meddwl am ddim byd!

Okay!

Sori. Mae heddi'n big off-day. Achos . . . Na, forget it. Sa i'n moyn siarad dim am 'na.

'Lisa! Ma' fory heb 'i dwtsh!'

Nan-fi o'dd yn gweud 'na. A 'Mae'n ole mla'n'. A 'Dere i ishte ar yn arffed i'. A o'n i'n dwlu ishte gyda hi, cwtsho lan, ca'l stori, byta Mars a Wispas ar y slei, watsho *Lili Lon* a *Magic Roundabout* a *Jackanory*. A ma' hyn yn swno'n rîli sili, ond chi'n gwbod beth? O'dd pwdin reis Nan-fi'n lysh. 'Pwdin reis neis Nan' – 'na beth o'n i'n gweud. A 'Fi'n caru ti, Nan.'

Stop it, Lisa. There's no point. Negate the fuckin negatives!

Ond dim negative yw meddwl am Nan-fi. A fi'n meddwl loads amdani. Sa i byth yn stopo meddwl amdani. A rhai gweithiau fi'n clywed hi'n siarad:

'Lisa! Beth ti'n neud fan hyn, bach? Yn cwato yn y cwtsh dan stâr?'

A fi'n ateb, 'Achos bod ofon arna i, Nan.'

'Ofon beth, bach?' ma' hi'n gweud.

'Popeth, Nan. Pawb a phopeth.'

'Dere 'ma at Nan. Dere i ishte ar yn arffed i.'

A 'na beth fi'n neud yn pen fi. Cwtsho gyda Nan-fi. A ma' hi'n dala fi'n sownd, yn siglo fi a gweud 'Dere di, dere di . . .' A canu 'Heno, heno . . .'

A fi'n teimlo hi'n sofft a saff a cynnes.

Sad, ontefe?

Sori – fel gwedes i, chi wedi dala fi ar big-time low. Big bad day, fel y big bad wolf.

'Negate the negatives, Lisa! Move on – now!'

'Symud mla'n, bach. Mae'n ole mla'n.'

Ond symud mla'n i ble? Dim Llunden – never – na dim o'r awful places fi 'di bod. Negatives i gyd.

Aberystwyth, maybe – I'd like that. Rhai o mêts fi'n byw 'na. Ca'l good time – lle neis, fresh air, sun and sea and sand. Wel, dim sand – dim ond shingle.

Fi'n cofio llun 'da Nan-fi o eliffants yn padlo yn y môr yn Aberystwyth. 'Bath-time for the elephants'. Travelling Circus came to town. A Nan-fi'n gweud 'Druan bach â nhw. Yn y jyngl mas yn Affrica ma' eliffants i fod, dim yn golchi'u tra'd yn Aberystwyth.'

O'dd hi'n siarad Cymrâg pert. Dim fel fi.

'Tithe hefyd, Lisa, pan ti'n trio'n galed.' 'Na beth o'dd hi'n gweud. A o'n i wastad yn neud effort, i ddangos respect iddi. Parch. Gair da, 'parch'.

'Parcha di dy hunan, Lisa, a fei gei di barch yn ôl.'

A chi'n gwbod beth? O'n i byth yn rhegi o flaen Nan-fi. Byth, no way.

Ma' lot o starlings yn Aberystwyth. Thousands, yn hedfan – danso – yn yr awyr cyn mynd i nesto dan y pier. Sight spectacular, medden nhw.

Beth yw 'starling' yn Gymrâg?

Drudwy – ay, that's it. 'Drudwy Branwen' an' all that. O'n i ddim yn lico'r stori 'na. Too sad.

Anyway, mae'r drudwns, fel o'dd Nan-fi'n arfer gweud, yn dod bob nos i nesto dan y pier. Come on, Lisa – 'Nythu'. Nythu dan y boardwalk! Fi'n lico 'na! A licen i weld nhw, y drudwns bach. Ie, first chance, fi'n mynd lan i Aberystwyth – *'where the air is fresh and sweet.'* Fresh air a haul a ffrindie. Fi a ffrindie fi yn padlo yn y môr, a drudwns bach yn danso yn yr awyr. A wedyn pawb yn mynd i gwato'n saff o dan y pier. Falle daw'r eliffants i ddanso 'da ni. Dim lot o le i eliffants o dan y pier – but we'd manage.

In the meantime, fi'n mynd lan y steps 'ma one last time, reit i'r top, a mynd mas ar ben y to a drychyd lan – right lan i sbês.

> *Right smack dab in the middle of town*
> *I found this paradise that's trouble proof,*
> *Up on the roof . . .*

'Paradwys', ontefe Nan?

A hei, chi drudwns bach, save the last dance for me.

ynys Yr Ais

1992

Gwyll. Mwll. Llaith.

Lleithder treiddio gwalltie, sgidie, plygiade cotie-mowr; yn diferu o'r canghenne, yn disgleirio ar ganopi caeedig y caffi pren a'r stac o gelfi plastig.

Fflachiade aur ac arian o ffenestri Howells, David Morgan, Neuadd Dewi Sant a Mothercare.

A'r siopwyr munud-ola'n hastu i ffusto'r cloc. Yn anwybyddu gwawd yr adferts *Sale Starts Boxing Day*. Heidie meddw'n pwyso ar 'i gilydd fraich-ym-mraich. Hwthu cornets. Towlu strîmers. Rudolphs a Siôns Corn yn pingo. Jingls enbyd, *Christmas* hyn a *Christmas* llall, ar lŵps diddiwedd, yn boddi'r 'Dawel Nos' a'r 'Suai'r Gwynt' truenus tu fas i'r Tabernacl lawr y ffordd.

Ac yng nghanol y ffair wagedd, ma' hi draw fan'na, yn dala i ishte ar 'i phen 'i hunan ar y fainc, yng nghysgod yr Arglwydd Batchelor. Cot frethyn lwyd, 'i choler lan. Clyme seimllyd dan gap gwlân du. Sgwydde crwm, 'i phen yn isel. Studio'r tylle yn 'i sgidie, falle. Neu'r pylle yn y pafin. Neu'r olion *chewing gum* o dan y fainc. Tynnu'n gyson ar 'i sigarét. Peswch mwg. Sychu'i thrwyn â'i llawes.

A magu'i fflagon. Fel magu babi. Swig jogel nawr ac yn y man, bob-yn-ail â'i gwtsho'n saff.

A finne'n gwylio ac yn gwrando. Yn clywed gwawd, yn gweld y troi'r tu arall hibo. Yn dychmygu clywed twt-twt-twtian. A'r 'Tr'eni, druan fach â hi, ma' hi'n ferch i rywun, sbo.' A'r gân ddwl yn mynnu troelli yn 'y mhen:

> *Simpl-sampl, ffenestr, ffansi,*
> *Toedd rhyw ofid mawr ar Gwen?*

Hen gân ddwl ar hen dôn leddf. A'r cof am steddfode – plant â'u smachte, penne bach yn shiglo – yn fy llorio.

A'r gerdd leddf, wedyn, damia hi, o waelod cof yn rhywle:

> *Mae'r heidiau'n dal i dyrru*
> *Yn ffyddlon i'r hen sioe,*
> *Ond nid y rhai sydd yma*
> *Yw'r rhai oedd yma ddoe . . .*

Hen gân ddwl a hen gerdd leddf. A meri-go-rownd y sioe yn troi. Hwrli-bwrli-hyrdi-gyrdi'r Ais yn troi a throi yng nghanol miri'r *Christmas* hyn a'r *Christmas* llall.

A chroten feddw'n magu'i fflagon seider.

Mentro mynd ati. I ishte 'da hi.
Fi a hi.

Troi'i hwyneb ata i. 'I llyged brifo ata i.

Gafel. Llaw. Arw.
Twtshad. Llawes. Arw.

Llawes cot frethyn 'i mam-gu.

*

88

2009

'*Right then! Let's get bu-sy!*'

''Newn ni neud e? Newn, siŵr iawn!'

Dwsine Bobs y Bilders, wrthi'n rhwygo calon yr hen Ais. A'u siacedi a'u helmede melyn a'u drils a'u tractors a'u craenie a'u Jacs-codi-baw yn swyno'r un bach dwyflwydd syn â'r llyged sêr.

A'r Arglwydd Batchelor mor urddasol, radlon ag erioed yn llygadu'r annibendod. A ninne'n ddou flinedig yn 'i gysgod – Mam-gu ar fainc, yr athronydd yn 'i fygi (a Bob bach-bach a Ffarmwr Picls yn 'i ddyrne) – ar ôl diwrnod bishi'n cyfarch piod a chŵn a brain y parc, anifeilied wal y castell, pob lori-fowr a bendi-bys a nî-nâ. Y bygi'n gwibio drw'r arcêds, yn nadreddu rhwng tyrfaoedd Queen Street a Chanolfan Dewi Sant, a ninne ar ein gwyliadwreth gyson am bengwins a Siôns Corn a cheirw a choeddoli. A'r trît arferol: dŵr-afal a bisged-siocled-paid-â-gweud-wrth-Mami ar ehangder lleder soffa'r Caffi Nero.

A'n dwli-dwl wythnosol yn siop Howells: whare cwato rhwng cownteri; sniffian persawr; mynd lan-a-lawr mewn liffts; trio hetie, wigs a sgidie – stiletos coch, bŵts patent du a fflip-fflops plastig fflimsi 'Pert i Gu!' A wherthin lond ein bolie.

A nawr, 'ma ni, fan hyn. Yn watsho Bobs dan goed yr Ais. A'r Bob bach neisa yn y byd – lwmpyn mowr o swildod – yn dod aton ni. Pwl o hireth wedi'i lethu. Y '*little boy*' mor debyg i'r crwtyn bach penfelyn sha thre yn Lublin. Heb 'i weld ers doufish. Fe geith e dridie yn

'i gwmni dros Nadolig, cyn goffod gadel 'to am Fryste.
Ma' 'na arian mowr ym Mrystc'r dyddie hyn.

'*Wesołych Świąt, little boy.*'

Nadolig Llawen, Bob.

'*Szcześ liwego Nowego Roku.*'

A Blwyddyn Newydd Well.

A '*Do widzenia*' Bob a'i got a'i helmed melyn yn
diflannu heibio i'r caffi pren a'r gwerthwr blode a
miri'r yfwyr o flaen Que Pasa . . .

A ninne'n dou yn codi'n dwylo.

Ta-ta, Bob.

Ma'r peirianne'n segur ac yn saff tu ôl i ffensys uchel,
a'r craenie'n llonydd fel *praying mantis* anferth yn y
gwyll.

Ma'r un bach yn syllu'n gysglyd ar y cyfan . . .

Ma'i fam yn dod o Mothercare. Yn ishte 'da fi ar y
fainc.

Hi a fi.

Yn dala dwylo. Yn gwenu ar ein gily'.

A'r un bach yn cysgu yn 'i fygi.

Dan siol groshe 'i fam-gu.

ci bwtshwr

Os cynnar niwl ar Hafran
a tharth uwchben y doman,
cynhaeaf gwair drwy'r dydd a fydd
ar ddolydd Aberddawan.

Anhysbys

Mae hi'n eistedd yn y berllan. Ar gadair blastig wen.
Wrth fwrdd plastig gwyn. Mae hi'n ysgrifennu â beiro
ddu. Ar bapur gwyn. Mae hat wellt am ei phen ac
mae'r borfa'n cosi'i thraed o dan odre ei ffrog laes.
Wen.

Mae hi'n stopio ysgrifennu. Ac yn sylwi'n sydyn ar
yr Angel Gwyn yn tremio arni. Rhaid codi'r ffiol, felly
– 'Iechyd Da! – ac esgus sipian y plonc-plasebo melys.
Dau beth sy'n anodd esgus: llyncu plonc-plasebo,
llanw dalen wen. Ond fe wna ei gorau gyda'r
ddeubeth. Unrhyw beth i dwyllo'r Angel Gwyn. I
ddrysu'i dipyn 'therapi'.

Ailafael yn y beiro. Ysgrifennu eto. A dileu. A
sgrwnshan. A thaflu peli bach o bapur ar y borfa.
Afalau gwyn celwyddog a fydd yn hadu ac yn tyfu'n
goed gwyn celwyddog, yn berllan wen o goed
celwyddog a'u brigau'n gelwyddau disglair yng ngolau'r
lleuad lawn. Labrinth cymhleth rhyngddi hi a'r sêr.

Ochneidio. Taflu'r beiro ar y bwrdd a syllu'n swrth
o'i chwmpas.

Paradwys. Eden o berllan ar ddiwrnod braf yng Ngwlad yr Haf. Mac'r coed yn drwm gan ellyg ac afalau, ond ganol Awst fel hyn maen nhw'n glynu at y brigau, yn anaeddfed, sur. Y tu hwnt i'r clawdd mae Mellors wrthi'n tocio rhosys. Mae hi'n ei wylio: snip fan hyn a snip fan draw, snip, snip, snip, snip ar bob llaw. Mae Mê, y ddafad degan, yn sniffian wrth ei sodlau, yn gwneud ei gorau glas i bori ac i frefu yr un pryd. Ac yn methu, druan. Rhaid cael gair ag Ol' McDonald neu Tedi'r Ffarmwr Bach. Neu Mellors – mae e'n barod iawn i wrando. Neu'r Angel Gwyn ei hunan. Neu un o'i liaws nefol. Mae'n dibynnu pwy sy ar ddyletswydd.

Bob hyn-a-hyn gwêl globyn o gi du'n gwibio fel rhyw gysgod rhwng y coed ar drywydd afal meddal. Fe'i gwêl yn rhwygo afal ar ôl afal o'r canghennau ac yn eu brathu'n awchus cyn eu poeri'n slwtsh o'i geg. Ci cigwrthodol yw e, meddai'r Angel Gwyn. '*He wouldn't hurt a fly.*'

'*I know an old woman who swallowed a fly,*' oedd ei hateb smala. '*Perhaps she'll die.*'

Mae hi'n esgus sipian eto. A mwynhau'r twyll. Twyllo'r Angel Gwyn a'i lu tra nefol. Twyllo Mellors. Twyllo pawb ond hi ei hunan.

Echnos. Twyllo neb ond hi ei hunan. Y plonc-go-iawn mewn cwdyn plastig. Ffrwgwd, bygythiadau, dianc o Costcutters Watchet at fainc uwchben y cei, rhwng amgueddfa Coleridge – a'r graffiti '*life is death*' ar draws ei wal – a'r gofgolofn i'r Ancient Mariner – cawr o forwr carreg â chorff albatros yn crogi dros ei ysgwydd. Clywed y tincial cysurlon rhwng ei choesau, syllu ar yr wyneb hagr, y cyhyrau yn y breichiau, y cryfder amrwd yn y coesau. A'r garreg yn dod yn fyw. Yn brasgamu tuag ati! A gafael ynddi a'i chodi'n uchel dros ei ben a'i chario draw dros fastiau'r cychod pleser, draw dros waliau llwyd y cei ac allan i'r môr mawr! Ymhell o dir, dros donnau mân Môr Hafren, at oleuadau'r Barri, simneau Aberddawan a goleudy gwyn Nash Point! A hithau'n gweiddi 'Gollwng fi, y bastad!' Ac yntau'n chwerthin cyn eu lluchio – hi a'r tipyn albatros – yn ddiseremoni mewn i'r môr.

Ŵyr hi ddim ffawd yr albatros; ond fe lwyddodd hi i gyrraedd glan.

'Celwydd.'

Pwy sy'n corddi?

'Hunllef. Nawr-heddi-heno-fory-drennydd-bob-dydd-am-byth. Amen.'

Pwy ddiawl sy'n tynnu arni? Y fudan ddafad degan? Sy'n gorweddian yn y clawdd, yn cadw patshyn sych rhag storom fory? Na, mae 'Mê' yn ormod iddi, druan, heb sôn am 'Fŵ' na 'Bê'. Mae hi'n gwenu. Yn cofio Siôn Glyn yn mynnu mai brech y Mŵ a'r Mê, nid brech yr ieir oedd arno.

Ai'r diawl ci sy wrthi? Ac yntau'n cysgu fel ci bwtshwr yn y cysgod? Cwestiwn dyrys a diateb. Nawr, heddi, heno, fory, drennydd, bob dydd am byth.

Amen.

Gan bwyll. Un dydd ar y tro; y bregeth foreuol-hwyrol-bob-awr-o'r-dydd-a'r nos.

Echnos: y cwdyn, y plonc. Y plastig, y poteli. Ble maen nhw? Yn llygredd dan Fôr Hafren? Yn annibendod ar gei Watchet? Poteli'n deilchion mewn bin sbwriel? Plonc yn drewi yn y gwres? Na, yn oergell ogofaol yr Angel Gwyn mae hwnnw, debyg iawn! Fe â'i driciau bach dan-din a'i '*Confiscation Therapy*'!

Tr'eni. Colli'r cyfan. A phethau'n dechrau gwella. A hithau newydd gyrraedd glan. A phen ei thaith. A phen ei thennyn. Y pen draw eithaf uwchben y dibyn.

Dal ei gafael – dyna'r nod. Nawr, heddi, fory, *etcetera, etcetera ad infinitum*. Ac amen. Dal yn sownd. Peidio ildio, er mor ddyrys yw y daith. Peidio llithro lawr i'r gwter. I'r carchar tywyll. Du.

'Concro'r Broblem'. Dyna yw'r flaenoriaeth. Dyna'r nod. A dyna pam y'i cipiwyd echnos, a'i thaflu i Fôr Hafren i ddiodde bedydd tân o drochiad a gorfoledd o aileni. Hallt.

Byw heb anasthetig – dyna fydd 'Y Broblem' newydd. Diodde poen yr hiraeth a'r atgofion. A'r euogrwydd fel mynyddau maith.

Teimlo'r cnonod yn y briw.

Yn cnoi i'r byw.

'Eli amser' sydd ei angen, medd yr Angel Gwyn a'i giwed. Nhw â'u heli at bob clwy.

'Amser'? Tic-toc trwblus am ba hyd? Am ba hud y mae hi'n chwilio? Gwellhad? Rhyddhad? Anghofrwydd? Y 'symud mlaen a dechrau eto'? Y 'dechrau eto' eto fyth?

Faint – o – blydi – eli – amser – all – hi – ei – blydi – ddiodde?

Mae hi'n hwyr brynhawn. Diwetydd braf mewn perllan llyfr-lliwio ym mharadwys Gwlad yr Haf. Pa le gwell i rwbio eli amser ar ei chlwyfau? Ardal Exmoor, ardal

Lorna Doone a Butlins. Lorna feiddgar, ddewr ar geffyl gwyn; mae'r llyfr ganddi o hyd, ei henw wedi'i ysgrifennu arno'n falch mewn sgrifen fawr, blentynnaidd. Fuodd hi erioed yn Butlins, dim ond cenfigennu wrth ffrindiau ysgol a froliai am byllau nofio a *Red Coats* a *"Morning Campers!"* a *bunk beds* mewn *chalets* posh. A'r *Glamorous Granny Competitions.*

Mae hi'n cau ei llygaid, yn troi ei hwyneb at yr haul. Cyn i frigau'r afallennau ymestyn amdani.

'Afallen beren . . .'

'Afal pêr ac aderyn . . .'

'Eli amser' medden nhw?

Mae cloch eglwys fach Old Cleeve yn taro chwech.

Ddoe: derw cerfiedig ei phorth yn arwain o'r haul i fwrllwch ei chyntedd a thywyllwch dirgel ei changell. Cylch o fynwent fygythiol – y gallech ddisgwyl cwrdd â David Copperfield a Magwitch ynddi.

Heno: sŵn Tomos y Tanc ola'r dydd yn tuchan i Minehead a'i loches am y nos. Grŵn peiriannau yn y caeau – llwyth yr anghenfil a welodd gynnau, ei gorpws yn llyncu'r ffordd fach gul at bentre glan-y-môr Blue Anchor a'i draeth graeanog.

Neithiwr: diosg ei sandalau a theimlo'r graean dan ei gwadnau. Mentro mewn i'r dŵr. Hyd at ei phigyrnau. Ei phennau-gliniau. Gwlychu godre'i sgert. Cyn clywed llais yr Angel Gwyn yn galw arni'n dyner. Neu'n llawn dicter. Doedd hi ddim yn siŵr.

Ysgrifennu eto – llinell gyfan – a thaflu pelen arall ar y borfa. Codi'i phen a syllu draw at lan y môr lle mae

Mellors wrthi'n tocio snip, snip, snip. Mae'r garreg wastad wrth ei draed yn drwch o rosys cochion.

Try ati. Wyneb llyfn fel lledr, llygaid fel dwy gneuen. Yn sydyn, llama tuag ati dros y graean a gafael ynddi'n chwyrn a'i thaflu wysg ei chefn ar garped coch y garreg wastad. Simsan. Goch fel gwaed.

Nôl yn ei chadair blastig saff gwêl Mellors wrthi'n dal i docio. Gwêl ei draed yn sengi'r rhosys crin. Wrth ei thraed, *meringues* yn drwch. A chi bwtshwr yn eu sglaffio cyn bowndio rhwng y coed i orwedd gyda Mê i ddisgwyl storom.

Ci bwtshwr, dafad degan, dalen wen. Tri pheth sy'n disgwyl storom.

Mae hi'n gafael mewn afal pwdr ac yn ei wasgu'n slwtsh melyngoch dros y gwacter. Gwyn. Sgrwnsho'r stecs yn belen wleb a'i thaflu dan y bwrdd.

Mae'r therapi ar ben.

Amen.

Mae hi'n chwarae'i bysedd ar y piano plastig gwyn di-nodau sydd o'i blaen. Twtsh o '*Aural Therapy*', chwedl yr Angel Gwyn. Pam lai? Trio 'Heno, heno'. 'Dau gi bach'. 'Dacw Mam yn dŵad'. A dim yn blydi dŵad.

Mae hi'n dechrau dŵdlan. '*Visual Therapy*', ontefe'r Angel Gwyn? Dŵdlan â beiro ddu ar biano plastig gwyn ac arno goed yn tyfu. Perllan o sgerbydau'n drwm o beli gwynion. Dyma ddafad degan, ei thafod mud yn hongian. Dyma fenyw mewn hat fawr wellt a ffrog wen laes. Dyma gi mawr du'n ei gwylio o'r cysgodion.

Mae rhywun bach ar goll.

Na, dyma fe – yn ddisylw yn y cornel isaf. Crwtyn. Kairos. Yn debyg iawn i Siôn. Cudyn dros ei dalcen, cyrls dros ei wegil.

Mae e'n syllu'n stond. Rhwng y coed. Du. Yn blysu'r afalau. Gwyn.

Paid â mentro, Kairos bach. Aros di ble'r wyt ti.

Mae'r ci du'n codi'i ben, yn synhwyro'r cicio sodlau.

Sa'n llonydd, Kairos . . .

Ond mae e'n gwrthod gwrando, yn rhoi un droed ansicr o flaen y llall, yn hercian oddi wrthi, yn codi sbîd ac yn chwerthin wysg ei gefn . . .

Mae 'na rywbeth arall yn llercian yn y llun.

Anghenfil, ei lafnau'n bygwth.

Mae hi'n neidio ar ei thraed, yn dyrnu ac yn cicio'r bwrdd, y piano, y plastig gwyn. Mae hi'n codi sgert ei ffrog a rhwbio, rhwbio. Ond i ddim diben.

Erys y tri. Anghenfil. Ci glafoeriog. Kairos bach.

Yn annibendod. Annileadwy. Du.

Mae hi'n gorwedd ar ei bola ar y borfa. Y morphin wedi gwneud ei waith, diolch i'r Angel Gwyn.

Clyw rŵn angenfilod Angau Gawr.

Gwêl gi du'n diflannu i'r cysgodion. Ond fe fydd e nôl.

Gwêl Kairos bach yn gwibio heibio. Ddaw e ddim nôl. Dim byth.

Y Philharmonic

ei lais amdani'n gynnes, fel gwin,
neu liain gwyn mewn gwesty;

ffansïo ti'n uffernol . . .

y tu hwnt i darth y drych,
Heol Eglwys Fair yn dathlu,
glaw a sêr yn diferu
a gwawl amryliw'n llathru'r sbort;

petai hi ddim mor frwysg
byddai wedi sylwi ar ddyn bach coch
yn fflachio;

ond roedd ei llygaid wedi'u hoelio
ar y sorod ar waelod ei gwydr.

briwsion

Excuse me while I brush your crumbs
from my bed. I'm expecting company.

Groucho Marx

dihangodd ar hast;
cau'r drws rhyngddynt
â chlep
a gadael dim o'i ôl
ond briwsion yn ei gwely;

mae hi'n codi,
brwsio,
golchi'i dwylo,
cyn suddo i freichiau ei chadair.
A disgwyl.

beth yw'r haf i mi?

GORFFENNAF 31
5.00 o'r gloch, Hotel Odyssey, Fiskardo.

O'r diwedd . . .
Hoe fach yn yr haul.
A'r cof am bore 'ma'n dechre pylu, diolch byth.
Y ffrae yn Gatwick, a'r nerfe'n rhacs, fel arfer.
A hithe'n rhy gynnar – hyd yn oed i fi! – i fentro ar y
gin a tonic.
A'r '*Sorry, Madam*,' arferol ar yr awyren.
Ffwdanes i ddim achwyn.
Beth yw blwmin pryd llysieuol yng nghanol
annibendod bywyd?

Niwl dros Ffrainc. A fe welodd Hannibal fwy na weles
i o'r Alps.
O'dd hi'n gliriach dros yr Adriatic. Pan lanion ni, o'dd
hi'n fendigedig.
Deugen milltir droellog o'r maes awyr, a'r hewl yn
hongian dros glogwyni.
Traeth Myrtos – '*Spectacular, the world's best beach*',
chwedl Mandy'r rep.
'*Arguably, Mandy*', medde fi fel shot. '*Have you never
been to Wales?*'
A beirniadu'r gnawes hollwybodus am 'i sgript –
'*Welcome to Captain Corelli's Magical Island*' wir!
A cha'l 'Plîs nei di ymlacio!' yn 'y nghlust.

Wedes i ddim byd weddill y siwrne ddiflas.
'Mond edrych drw'r ffenest – pentre Assos yn rhyfeddol.
A rhestru'r traethe gore yn y byd:

> Hermanus ddydd Nadolig
> Dinas Dinlle ganol nos
> Belmullet yn y glaw
> Druidstone ym mhob tywydd
> Four Mile Beach, a ninne'n noeth
> > yn torri'n henwe yn y tywod gwyn
> > a'r llanw'n eu dileu.

'*Welcome to the Odyssey.*' Mandy electronig ddihunodd
fi o'n hepian.
Gwesty neis – lot fowr o steil.
Suite a gwely brenin, dressing gowns a slipers gwyn.
'Pengalad wyt ti, yn gwrthod deud "gŵn wisgo" a
"llopana"!'
Dillad gwely o 'liain main', poteli lliwgar yn y
'baddondy' – ha!
A'r twtsh bach ychwanegol – potel bybli mewn bwced iâ!
O'n nhw wedi clywed am y dathliad.

A dyma fi, ar y balconi. Ma' fe 'di mynd am wâc.
Ma'r gwres yn llethol a'r môr yn lasach glas na'r awyr.
Potie blode glas yng nghwrt y gwesty, a'r walie'n wyn.
A'r bougainvilla'n ffrwydro'n binc a choch.
('*Cerise?*' = 'Ceirios'? Rhaid holi fy ngeiriadur preswyl.)

Teras haul, bar a barbiciw dan do gwellt ar lan y pwll.
A'r pwll! Fel dec llong hwylie, a'i ddŵr yn un â'r môr.

A thafod glas yn llyfu'r hollt rhwng creigiau llwyd. (!)
A draw ar orwel pell (!), amlinell Ynys Ithaca.
A'r llonge fel gwylanod a'r cymyle fel llonge hwylie.

Ma' 'na gyfrol bert o gerddi a llunie ar ford y cyntedd.
Ddim yn cofio enw'r bardd, ond dyma drio cyfieithu
un o'i gerddi:

> Yr ewyn a'r cymylau a'r gwylanod
> a hwyliau'r llongau gwyn
> yn rhwygo'r glas –
> a chalon bardd

'Anobeithiol, Cariad' – fel fy nghyfieithiad o gerdd
Lorca, amser maith yn ôl.

> Lorca:
> 'Verde, que te quiero verde.
> Verde viento. Verdes ramas.
> El barco sobre la mar
> y el caballo en la montaña.'

> Fi:
> 'Gwyrdd, fe'th garaf, gwyrdd.
> Gwynt gwyrdd. Canghennau gwyrdd.
> Y cwch ar y môr
> a'r ceffyl ar y mynydd.'

'"Glas, fe'th garaf glas," fydda ora, Cariad. "Glesni
natur" yn Gymraeg, yntê?'
Wedyn, yn sydyn: 'A dwi'n caru dy lygaid glas-y-môr.'
Jest fel'na.

Jest unweth.
A byth 'to.

Mynd i nofio nawr – cyn agor y botel bybli lyfli jybli . . .

6.30 p.m.
Bendigedig. Y nofiad, nid y bybli. Heb agor hwnnw 'to.
Deuddeg hyd y pwll – 'ddim yn ffôl o gwbwl, Cariad'
– cyn fflopian yn yr haul.
A chysgu. A dechre llosgi. A dihuno jyst mewn pryd a
phlastro'r ffactor ffiffti. Ac edrych rownd a sylwi:

> cyrff siapus, hardd; cyrff boliog a blonegog; hen
> gyrff wedi crino;
> *Capten Correlli* a'r *Da Vinci Code* yn pingo
> a phawb yn cwcan yn yr haul

Cyple sy 'ma fwya. Rhy ddrud i deuluoedd cyffredin.
'*Ordinary folk*', chwedl David – ystrydeb o Fedalion
Man, lliw haul ffyj a fflip-fflops.
David a Nadia (bicini polka dot) – o Surbiton yn Surrey.
Yn rhwto olew ar gefne'i gilydd, yn giglo a dala dwylo
fel plant ysgol.

'*Good on you*,' mynte David, '*for that altercation on
the coach.*'
('I dad o Sgiwen ac yn ffliwent Welsh ac wedi enwi'i
fab ar ôl y Patron Saint.
Cameron – wir! – y mab, yn fancer yn Hong Kong.)
O'n nhw wedi bod yn pyslan. '*Dutch was our first
guess, eh, Nadia?*'
'*Double Dutch*' o'dd awgrym 'i gwên nawddoglyd.

A'r rigmarôl arferol:

Cymry neu Brydeinwyr?
'You speak Welsh all the time?'
Rhegi yn Gymraeg?
Breuddwydio yn Gymraeg?

'We have Welsh friends in Cricklewood.'
Tŷ haf yn Neffin – *'We'd prefer one somewhere hot.*
But there's the language problem.'

Fe sleifiodd David ata i yn y pwll.
'Tell me – do you make love in Welsh?'
Ei wish, ei wish, David bach – yn unrhyw iaith dan haul.

AWST 1
11.00 a.m.

Diwrnod cynta'r Steddfod. A ninne'n 'torri traddodiad
chwartar canrif.'
Och a gwae a gresyn.
'A dim Steddfod ar y teli-bocs!'
Diolch byth a haleliwia.
Un diflastod bach yn llai. Ma' digon o hwnnw ar lŵp
Sky News.
'Rhaid cadw fyny â'r newyddion, Cariad.'

O'dd y 'Croeso Groegaidd' yn ddisaster hollol wych.
Zorba a Miskouri lookalikes a soundalikes.
A'r Saeson meddw'n yfed Ouzo fel 'se fory ddim yn bod.

A danso'n wyllt, di-glem – pawb ond fi a Ken.

Lwmpyn clymog yn 'i gader olwyn.

Yn syllu'n drist ar '*Jodie, my darling wife*'.

(O'dd yn gwibio fel gwenynen rhwng y dynion.)

'*Barbie, surely!*' wedodd Nadia dan 'i gwynt.

Fe glywes i hi, wir. A fe glywodd Ken, hefyd. A gwingo.

'Am sbort, yntê, Cariad!'

Am whare plant.

Jac y Jwc a Jini o bâr yn dathlu blwyddyn o briodas.

Fe gath hi sterics ac arllwys gwydraid bybli dros 'i gŵr

bach simsan. (Fe ddysgith hi.)

A fynte'n ffaelu deall beth o'dd e wedi'i neud yn rong.

(Fe ddysgith e.)

Ma'n bybli ni fan hyn o hyd. Yn saff.

Amser brecwast – do'dd dim sôn am Jac na Jini.

O'dd maddeuant dan y dŵfe, falle.

O'dd Jodie, whare teg, yn helpu Ken i dorri'i fwyd yn fân.

Jodie, nithwr – '*Can I steal your handsome hunk?*'

A finne'n ateb '*Go ahead!* yn serchog.

A Nadia'n sibrwd 'mod i'n whare â thân.

A finne'n gwenu, a hithe'n poeri '*You're an ice-cold bitch*'.

A strytan ar 'i sodle at ein gwŷr ni'n dwy – a Jodie.

Pedwarawd bach truenus: hen fenyw grac a dou henwr

yn jeireto gyda jaden sy'n iau na'u plant.

Trw'r dwli dwl i gyd o'dd Eleni – '"*Helen*" *is my*
English name' – yn gweini'n siriol. Nes i fi weud '*Eleni*
fach, don't be so silly! "Eleni" is your name!'

Pam odw i mor bedantig?

'Na'r cwestiwn meddw ges i nithwr, pan dda'th e i ishte, 'i grys yn staenie coch.

'Na beth ges i nôl fan hyn, a fynte'n gorwedd ar y gwely, yn neud hen swne randi.

O'dd e'n syllu arna i'n matryd, 'i ddwylo'n whare dan y dŵfe.

Soffa job fuodd hi. Fel arfer.

3.00 p.m.

Newydd fod am wâc ddigwmni.

A cha'l profiad diflas iawn.

Mynd ar hyd y trac at dra'th bach cudd a hollt ddwfwn yn y graig.

Ysgol rydlyd yn mynd lawr i'r dŵr.

Ishte â 'nhra'd yn hongian dros y dwnshwn.

Dwlu gweld y dŵr yn ca'l 'i sugno miwn a'i boeri mas.

Rhyfeddu at yr ymchwydd. Trio cofio'r chwedl.

Y Nereids; gwalltie a breichie nadrodd yn denu morwyr i'w haped.

Pwy sgrifennodd gerdd amdanyn nhw?

Keats; Tennyson; Byron?

Rhaid whilo ar ôl mynd sha thre.

Pwy gerddodd ata i o ochor bella'r graig ond David, 'i fedalion yn danglan yn yr haul.

Newydd fentro i ogof ddofn yr ochor draw i'r trwyn.

'*Quite an experience.*'

O'dd e'n falch dod mas yn saff i'r haul.

Fe ga'th e sioc yr yffarn wrth weld Nadia'n rhedeg
lawr y trac a phoeri '*You fucking slut!*' i'n wyneb i.
'*Cool down, Nadia,*' mynte fe.
'*What's "slut" in fucking Welsh?*' mynte hi.
'*Slwten, hwren – take your pick!*' mynte fi.
'*Nadia, darling,*' mynte fe.
'*Don't you "Nadia darling" me! I can smell her on you!*'
Dwnshwn dwfwn y tu cefen i fi; menyw wallgo o
'mla'n i. A dyn bach dwl rhynton ni. Ond troi nath hi,
a rhedeg lan y trac, a David a'i '*Sorry*' truenus wysg 'i
gefen yn 'i dilyn nerth 'i fflip-fflops.

Alla i jocan nawr. Ond fe ges lond twll o ofon.
Fe nath y brandi 'ma fyd o les.
Pam na wedes i wrthi am fynd i grafu?
Na thwtshen i yn 'i thipyn gŵr hi?
Fe ga i esboniad 'da fi'n hunan rywbryd.

Ble o'n i? Uwchben yr hollt a'r dwnshwn.
Pwy nofiodd rownd y trwyn a dringo mas o'r dŵr ond
Jodie, mewn bicini gwyn.
Ursula Andress hyll. Birth of Venus gomon.
Fe safodd ar y graig, 'mystyn 'i breichie dros 'i phen a
deifo nôl i'r môr.
Lawr â hi, 'i choese hir yn cico a'i gwallt yn dresi melyn.
Môr-forwyn. Nereid. Hwren. Slwten. Croten fach
druenus.
Beth yw'r ots?
Fe ddiflannodd rownd y trwyn.
A jawch ma'r brandi 'ma'n ffein.

AWST 2
10.30 y bore

'Lle tebyg iawn i Neffin!'
Nithwr, a ninne'n cerdded cei bach ffug Fiskardo.
Fe gytunes i ag e. 'Argol, testun dathlu, Cariad!'
(Ma'r botel bybli'n dala'n intact. Heno amdani, ar ôl
swper ar lan y pwll.)
Saeson yn pingo wrth fyrdde'r Captain's Table a'r
Screaming Pig.
Grŵpis Karl y Cocni (perchennog Homer's, The
Sauciest Taverna in Town), yn ein gwahodd atyn nhw.
Gwrthod – a mynd at y werin leol i dwll o far.
Ymuno yn 'u gwawd at forwyr y fflotilas haf.
Ond cael fawr o groeso.
Pam?

Veal Stifado, Rabbit Stifado, Stuffed Squids, Little Pig,
Special Intestines.
Dewis gwirioneddol ych-a-fi o fwyd.
A Soutzoukakia, Kontosouvli, Souvlaki a Seftalies – ta
beth yw'r rheini.
Cig neu gig. Omlet ges i. Edrych mla'n at wledd
lysieuol heno!

Cwrdd â David a Nadia ar y cei – a goffod rhannu
tacsi ola'r nos.
Enbyd; neb yn yngan gair.
'Be ddiawl 'di'r broblem?' medde fe. 'Ti sy wedi pechu
'to?'
Geith e gredu hynny. Fel'ny ma' hi hawsa.

Sdim sôn am neb y bore 'ma. Pawb yn bolaheulo wrth
y pwll.
Fe weles i Eleni amser brecwast. Oeredd o'dd hi 'to.
Ma' hi newydd groesi'r cwrt – law yn llaw â Mikolos y
gyrrwr tacsi.
Aha! 'Hi hen, eleni ganed' Eleni fach!

Llogi car a mynd am Assos nawr.
A wedyn swper neis a'r botel bybli wrth y pwll!

9.00 p.m.
Ar y tra'th bach cudd, uwchben y dwnshwn.
Allen i sgrifennu lot – ond wna i ddim.
Dim ond sôn am Assos: pentre ar isthmus – 'Rhyngraig,
Cariad.'
Dringo'r rhiw mewn gwres aruthrol at hen gaer.
Cwrdd â boi o Neffin!
'Ddim yn dallt Cymraeg y Sowth!'
Bwbach.
'Pedantig, eto, Cariad!'
Byger Assos.

Taith sha thre ddi-sgwrs.
Stopo 'i weld yr olygfa'.
Dim byd i'w weld ond crastir.
Dim smic ond tic-tic-tic yr enjin.
A thincial clyche'r gafrod.

A nawr mae'n fachlud pinc a phiws.
A lliw llyged-glas-y-môr.

Sŵn y tonne'n tasgu.
A lanterni'n tincial fel clyche gafrod.

Ma'r gân 'di distewi.
Y llais pruddglwyfus gynne wrth y pwll.
CD brynodd e yn Athen, medde'r barman.
'*She's singing in my language,*' medde fi.
'*Very nice,*' mynte fe.

Canhwylle mewn cilfache.
Darne gwydr, condoms, tampons, stympie sigarets.
Annibendod bywyd.

Nid yw'r haf i mi'n ddim ond hirlwm . . .

A photel bybli'n deilchion.

Mae'n rhy dywyll i sgrifennu rhagor.

tre-din

Roedd y fôr-forwyn yn trigo yn Slough, druan fach.

Saint Louis

Paid â mentro am y gogledd oedd y rhybudd.

Cadwa ar y strydoedd gwyn a gwâr.

Ond roedd hon yn mynnu herio. Crwydrodd yn dalog o Dafarn Dressels ar hyd Euclid at Page Boulevard gan anelu am Gaslight Square.

Derbyniodd gyngor dyn ar groesffordd: '*Keep on walkin', pretty woman, nice white woman. Never linger on these mean an' hungry streets . . .*'

Welodd hi byth mo Gaslight Square.

'Aymen an' Alleluiah!'

'Jus' skin an' grizzle, Ma'am! Jus' skin an' grizzle!'
Gwên ddanheddog Leah May yn fy nhywys lawr y
coridor.
Disgwyl gweld y nesa peth at sgerbwd.
Gweld hen wraig falch, yn frau fel doli borslen.
Siol binc, rhuban coch, *rouge* ar fochau pantiog.
Carthen, coban, gobenyddion startshlyd, gwyn.
Glan Iorddonen ddofn yn lân, glinigol.

Y winc a'r *'Wake up, Mrs J!'* yn brawf nad oedd yn
cysgu.
Y ratlan yn ei gwddw'n brawf ei bod yn marw.
A'r drewdod yn annioddefol tost.
'Deary me, another messed-up diaper!'
Mrs Carmel Evans-Jackson ar ei gwely angau.
Yn oedi'n nychlyd yn ei chewyn drewllyd.
A Leah May yn gwisgo'i menig rwber ac yn torchi'i
llewys.
Cyn tynnu'r llenni.

*

'Okay! She's all cleaned up!'
Olion talc ar wddw twrci.
'You behave, now, Mrs J! Nice visitor to see you!'

113

Dwy ffenest hir y tu hwnt i sgrin.
Yr haul yn taro'n gynnes.
A llaw fy Modryb Carmie'n oer.

'*Angharad. Wales. Pen Llwyn . . .*'
Y bysedd brigau'n stwyrian.
Digon i roi hwb i'r sgript . . .

> Y goeden achau, y gwaith ymchwil: dyddiaduron a
> llythyron; manylion prin a phytiog; tyllau yn y
> stori, cwestiynau heb eu hateb; chwilio am atebion
> gan berthnasau tir y byw sy'n dal i gofio . . .

Gobeithio'ch bo' chi'n cofio.

Clician y cloc gwyn, chwyrnu'r ffan a ratlan ana'l.
Patshyn *rouge* ar obennydd.
Bysedd brigau'n cosi.
Fflach o ddannedd Leah May – '*Is she behavin'?* '

Cofiwch, newch chi, plîs?
Er mwyn y nefoedd, cofiwch.
I fi gael mynd o erchwyn gwely angau dieithryn.

Bysedd brigau'n mwytho'r garthen,
mwytho, mwytho gan bwyll bach . . .

Sisial
fel awel fain drwy'r hesg ar ddôl Pen Llwyn . . .

Carmel y bysedd brigau a'r *rouge* ar fochau pantiog.
Yn cychwyn gan bwyll bach ar stori fawr . . .

Carmel Evans-Jackson, wyres Mary Evans, yr wyneb balch mewn ffrâm ar wal Pen Llwyn, wedi'i storio, bellach, mewn crât Pickfords.

'. . . *some strange language, locked away . . .*'

Ann ac Ifan Ifans, a'u merched, Sal a Bet, a Mari'r forwyn fach ar fordaith fawr i fywyd gwell.

'. . . *dead language, so my Marmie said . . .*'

Corff Ann mewn sach, ar waelod Môr Iwerydd.
Evan a Mary Evans, Sarah ac Elizabeth, yn gadael Ynys Ellis am y tir mawr.
Newydd.

'You've come all the way from Wales?'
Bysedd brigau'n gwasgu, ewinedd yn tynnu gwaed.
'Just to see me, liddle ol' me?'
Tiwn gron, rhwng y gwasgu a'r sisial a'r ratlan.
'Liddle ol' me . . .'
Fel pader ar ei chof, fel byrdwn emyn.

Yn sydyn, llais dwfn y tu hwnt i'r sgrin.

'Rock of Ages cleft for me,
Let me hide myself in Thee . . .'

Gwên ddanheddog Leah May –
'I'm hearin' you, Selena Davis!'

Cawres groenddu'n siglo.
Ei gên yn isel ar ei brest.

Rhwydwaith rhychau ar ei hwyneb.
Cymhleth fel gwead ei chadair wiail.
Siglo, chwerthin ar ryw jôc fach breifet . . .

Breichiau Leah May yn cau amdani . . .
Siglo, siglo . . .
Canu – alto a chontralto trwm . . .
Deuawd fel cadwyni'n llusgo . . .

'*Let the water and the blood,*
From Thy riven side which flowed,
Be of sin the double cure,
Save me from its guilt and power!'

Leah a Selena,
caethforynion dilyffethair
mewn cwrdd gweddi

a Mrs Carmel Evans-Jackson
mewn blys mynd drwy – ac ofn . . .

gwasgu'r bysedd brigau,
sychu'r gwaed ar fy nwylo,
rhoi cusan ar foch pantiog
a ffarwelio

a chlywed gorfoledd dwy

'*Aymen an' Alleluiah!*'

N10 *man*

Oh, I'm missin you,
under Piccadilly's neon . . .

Christy Moore

'Twelve Pins Bungalow', â'i waliau cerrig-ffug a'i ddrysau a'i ffenestri plastig. Potiau lliwgar ar y dreif, lawnt ryfeddol o ddi-ddail a'r croeso *Bord Fáilte* tair seren yn sicrwydd o'i safon.

Mae'r fenyw welw sy'n cloi ei char mawr arian yn ddigon hen i gofio'r darlun ar y cardiau post: y bwthyn tlawd, to-gwellt, y plant gwalltgoch, rhuddgoch, yn drwch o frychni haul, yn tywys asyn coesau bandi â'i lwyth o fawn.

Mae Maeve yn torri ar ei meddyliau.

'*Welcome to Connemara.*'

Yn ôl ei gwên, mae ei chroeso'n gynnes. Ond mae ei swildod yn amlwg yn y dwster melyn sy'n gwlwm yn ei llaw.

'*Dia duit, Maeve.*'

Y dwster yn cael ei wasgu'n dynnach. Yr Wyddeleg wedi'i hanesmwytho, falle. Mae hi'n glynu at sicrwydd y Saesneg.

'*So – you came . . .*'

Do, o'r diwedd.

'*And what a journey, on your own.*'

117

Ie, yn enwedig y milltiroedd olaf, rhwng An Spideal a Casla. Ond addewid yw addewid.

'You saw the grave?'

Do. A'r blodau plastig a'r *Knock Pilgrimage Certificates* a'r cardiau *We have been to Lourdes* ar drugaredd y meinwynt o gyfeiriad Benna Beola.

Bedd Danny. Wyneb Danny'n bictiwr ar y garreg lwyd, yn gwenu arni.

Damo di, Danny O'Grady, yn dy siwt-a-wasgod lwyd. Damo dy dei parchus, dy garnation gwyn a'r styden heriol yn dy glust. Damo dy wên ddrygionus . . .

Mae Maeve yn ei harwain at y drws, gan blygu ddwywaith i godi deiliach a'u sgrenshan i boced ei ffedog las. Polishad sydyn i'r handlen – cyn troi i wenu'n ansicr arni.

'Fáilte.'

'Go raibh maith agat, Maeve.'

Yn y cyntedd ornamentog, rhaid torri'i henw yn y llyfr ymwelwyr. Mae Maeve yn ei llygadu, gan bolisho'r ffôn a'r taflenni *Your Stay In Glorious Connemara*. Mae 'na ffotograffau ar y wal: llanc – yr un boerad â Danny – a phicwarch dros ei ysgwydd; hen wraig mewn cadair siglo, ei bochau a'r rhuban yn ei het a'r rhosyn yn ei llaw wedi'u lliwio'n binc. A Danny'n fachgen ysgol yn ei flazer werdd, ei gap yn gam a'i wên yn llawn drygioni, fel petai'n mwynhau'r sbort o fod drws nesa i'r dystysgrif: *Maeve O'Grady, Irish Housewife of the Year, 2007.*

'"Our little leprechaun" we used to call him in his uniform . . .'

Mae Maeve yn cynnau '*Danny's lamp*' – un gywrain wrth droed y grisiau – sy'n taflu golau ar lun mewn ffrâm arian. Mae hwn yn gliriach na'r un sydd ar y bedd, a gallech dyngu bod y wên yn lletach a'r styden yn fwy disglair . . .

'*Look at him so smart!*'

Ochenaid . . .

'*We're so much in your debt . . .*'

Am fod yn ffrind i Danny, am fynd ati i chwilota am ei siwt orau a chrys a thei a'u rhoi i'r ymgymerwr, am drefnu'r cwbwl '*at the London end*' . . .

'*The truth is . . .*'

Ond mae Maeve yn penderfynu gadael llonydd i'r gwirionedd am y tro ac yn rhoi sychad bach i'r lamp – anrheg Danny iddi am dalu am ei gwrs yng Ngholeg Galway. Cyw drydanwr gorau'i flwyddyn. Mae'r tystysgrifau yn y stafell fwyta. Caiff eu gweld pan ddaw hi lawr i swper.

'*So proud of him, my little brother . . .*'

Yn y stafell wely lafender mae Maeve yn sychu'r llwch dychmygol sydd ar y ford. Mae rhywbeth ar ei meddwl, mae hi eisiau holi . . . Roedd Danny'n brolio cymaint am ei lwyddiant, am ei gyfoeth . . .

Maeve! On'd yw hon yn stafell hyfryd? Y papur wal blodeuog, y sampler, y cwrlid ar y gwely – wedi'i neud â llaw? On'd yw ystrydebau'n handi, Maeve?

Mae'r ffôn yn canu yn y cyntedd ac mae Maeve yn colli'i chyfle. Mae hi'n stwffio'r dwster melyn i'w phoced cyn diflannu'n gysgod chwim drwy'r drws.

Mae'r fenyw welw'n gorwedd ar y gwely. Cyn cau

ei llygaid mae hi'n syllu ar y llun o'r Forwyn Fair uwchben y sampler 'God bless you, weary traveller'.

Oh, I'm missin you . . .

Yn y gegin, mae Maeve yn tynnu cadair at y tân, yn arllwys te a chynnig caws, bisgedi; gellyg ac afalau mewn bowlen wydr – maen nhw'n felys syndod, er mor grebachlyd yr hen goed.

Sylwodd hi ar y berllan gynnau, wrth dalcen adfail yr hen gartref? Sylwodd hi ar yr arwydd? Mae caniatâd cynllunio ar y plot – tri byngalo, ac adeiladwr lleol eisoes wedi cynnig. Bydd hi'n chwith, wrth gwrs – dinistrio perllan mor hynafol, perllan yr hen Seamus. Colli'r olygfa, gorfod dygymod â chymdogion agos. Ond rhaid peidio bod yn sentimental.

Sylwodd hi ar lun Seamus yn y cyntedd? Y sgamp â'r bicwarch; y chwedleuwr rhemp – fe â'i 'I.R.A.' a'i 'Black an' Tans' a'i 'Troubles'. A'r chwedlau'n troi'n gelwyddau – yn enwedig dan ddylanwad y '*demon drink*'.

Ond 'na fe – '*no matter now.*' Dim rhagor o atgofion chwerw. Rhaid anghofio, symud mlaen.

Cnoc ar ddrws y gegin. Diarmuid, y brawd canol. Wedi galw heibio i gwrdd â '*Danny's friend*'. I ddiolch iddi, ar ran Maeve a'r teulu i gyd, am ei chymorth yn ystod yr adeg anodd – '*at the time of our great loss, so sudden and so sad.*'

Dim ond sŵn y tegell yn poeri ar yr Aga . . .

'*Such a shock for Maeve, the Gardai knocking on that door.*'

Mae Maeve yn sychu deigryn oddi ar ei boch.
'*Poor, poor Danny.*'

I'm just fond of a drink, helps me laugh,
helps me cry . . .

Mae blas da ar Guinness y Blue Bell – yn fwynach, llyfnach nag yw e yn y Guardsman. Mae hithau'n dechrau dadflino, yn barod i ymlacio a thrio'i gorau i fwynhau.

Mwynhau? Ymlacio? Fan hyn yn local Danny mewn pentre bach llosgachol yn nhwll tin byd Iwerddon? Yng nghwmni Diarmuid a Shelagh'i wraig a Jimmy'r 'barmy barman' a phawb arall sy'n wên deg i gyd? Yr union rai a gefnodd arno y tro ola, creulon hwnnw?

Mae'r cwestiynau'n lletchwith – am Danny, ei waith a'i ffrindiau, ei 'apartment' ym Muswell Hill. A hithau'n gyndyn ei hatebion. A Diarmuid yn syllu arni, ac ar ôl cael nod o ganiatâd gan Shelagh, yn clirio'i lwnc ac yn datgan yn drwsgl nad oes angen iddi gelu dim.

'*The truth is . . .*'

Diarmuid, wyt ti a Maeve fel blydi eco! A phwrpas dod fan hyn oedd dianc o'r tipyn byngalo clawstroffobig a Maeve a'i the a'i dwster. Er mwyn y nefoedd, gad lonydd i'r gwirionedd!

Ond mae Diarmuid yn daer. A phawb arall hefyd. Rhaid iddi beidio â chredu popeth glywodd hi gan Danny . . .

Mae hi'n pwyso'i phen yn ôl ar bren y fainc. Beth wyr y rhain am y gwir neu'r gau ynglŷn â Danny?

Mae Diarmuid yn closio ati. Gall glywed y whiff cyfarwydd ar ei ana'l. Mae ei lais yn isel, a'i eiriau'n mynd ar goll yng nghlecian y tân coed.

Oedd hi'n deall na fu Danny adre ers pymtheng mlynedd? Dim hyd yn oed i gladdu'i fam, *'God rest her poor soul?'* Oedd hi'n deall nad oedd neb o'i deulu, neb o'r pentre'n gwybod dim o'i hanes?

Diarmuid! Fe ddaeth e adre – ond fe gefnwyd arno, druan!

'Never in a million years!'

Rywle yng nghefn ei phen mae Diarmuid yn sibrwd . . . Am *'Danny's problem with the drink'.* Am ei artaith, bymtheng mlynedd nôl, o orfod treulio tridiau sych ar aelwyd Maeve, a diodde'i phregeth gyson. Roedd wedi bod yn gryf, wedi llwyddo peidio ildio i demtasiwn, heb unwaith groesi rhiniog y Blue Bell, rhag datgelu'i gyfrinach chwerw, rhag cael ei ddal yn feddw yn y ffos a rhoi uffern i'w chwaer fawr, sy'n dal i gredu mai Danny oedd y sparky gorau yn N10. A rhaid peidio meiddio awgrymu dim fel arall – deall? *'She's not to know about the real Danny. You understand?'*

Mae hi'n deall. Maeve yw'r unig un sy'n bwysig nawr.

Mae hi'n syllu ar y blawd llif sy wedi glynu wrth ei sgidiau. Mae Diarmuid yn gwasgu'i llaw. *'Come on!'* Rhaid cofio Danny ar ei orau, cofio'r dyddiau da.

Mae hi'n gwenu, yn ei gorfodi'i hunan i wrando ar y chwedlau: Danny'r plentyn, Danny'r llencyn, Danny'r seren, Danny'r clown. Wedyn – *'What a night was Danny's wake!'* Y canu a'r dawnsio, y ffidil a'r squeezebox! A Danny yn ei arch, draw fan'na wrth y bar, yn ei siwt-a-wasgod smart!

'It seems he was a mint o' money, demon drink or not!'

A Diarmuid yn gwenu'n rhyfedd arni, a hithau'n drachtio'i Guinness.

Mae rhywun yn dechrau canu . . .

'Oh Danny Boy, the pipes, the pipes are calling. . .'

O, cyfleus! A da iawn ti, Danny Boy!

'. . . From glen to glen, and down the mountain side . . .'

Mae hi'n ffieiddio'u hymdrybaeddu ystrydebol. Ond mae Diarmuid yn sibrwd: *'We gave him love 'till there was no more love to give.'*

Mae hithau'n troi ei phen i syllu ar y fflamau . . .

'Oh Danny boy, oh Danny boy, I love you so.'

. . . I just drink red biddy for a permanent high, I laugh a lot less and I'll cry 'till I die . . .

Toriad gwawr rhwng llenni lafender. Mae llygaid trist y Forwyn Fair yn syllu arni. Mae hithau'n syllu'n herfeiddiol nôl, ei phen fel plwm ar ôl y Guinness a'r Jamesons a'r chwedlau a'r celwyddau.

Gall glywed Maeve yn troi a throsi. Bydd yn codi chwap, yn paratoi brecwast i'w gwestai a phecyn bwyd ar gyfer y daith i Rosslare. Ar ôl mân siarad bydd y ddwy'n ffarwelio . . .

Ond cyn hynny, rhaid i Maeve gael gwybod . . .

'The truth is, Maeve . . .'

Celwydd yw Danny'r siwt-a-wasgod, Maeve. Y

gwirionedd yw'r Danny simsan ar ben ysgol, ei ddwylo'n crynu; y Danny meddw ar fainc y Guardsman, yn ei hofel yn yr atig. Y Danny sur, hunandosturiol â'i chwedl am bymtheg mlynedd nôl – y cefnu a'r anwybyddu, y *'feckin' hacienda'* yn gwatwar ei hen gartref, a *'feck all'* ar ôl ond atgofion am hen wraig ei fam – *'God rest her soul'* – mewn ffedog sach yn dwsto a pholisho a sgubo dail o'r llwybr, a'i *'Fáilte!'* a'i *'Dia duit!'* diarhebol. A phopeth wedi newid er gwaeth.

Na, cadwn bant o'r gwirionedd, Maeve. Glynwn at gelwyddau'r N10 man. Wedi'r cyfan, ti sy'n bwysig nawr. Neb arall.

***I'll never go home now because of the shame
of a misfit's reflection in a shop window pane . . .***

Pob lwc, Maeve, yn dy anwybodaeth. Gad y cof go-iawn i fi – am foreau Sadwrn ar Green Lane, swpera yng ngolau cannwyll, dal dwylo a dawnsio i gerddoriaeth gwên a dagrau Leonard Cohen, Johnny Cash a Christy Moore. Y *'slán agat'* yn brifo'n waeth na'r drws yn slamio. Y *'six can journey'* rhwng Paddington a Chaerfyrddin. Y *'best day o' my life'* ym mhriodas grand fy mab. Y tipyn siwt-a-wasgod ddrud – paid â gofyn dim am honno . . .

A phopeth wedi mynd – am byth.

Oh, I'm missin' you . . .

A Danny'n gelain yn ei sgwaryn bach o fedd, sy'n fwy na'i hofel yn N10.

Danny'n gwmni i'w rieni a'i chwaer fach.

Danny yn ei gynefin, y fan y tyngai na ddychwelai iddi fyth – *'Never in a million years!'*

Oh, I'm missin' you . . .

Mae hi'n cau ei llygaid rhag tosturi'r Forwyn Fair.

. . . you can't live without love, without love alone, the proof is round London in the nobody zone.

Mae'r fenyw welw'n llwytho'i stwff i gist y car.

Daw Maeve ati, yn cario'r llun – blazer werdd, cap ar dro.

Dwstad sydyn i'r erial . . .

Leprechauns – beth ŵyr y fenyw welw am y cryddion bach? A'u gorhoffedd o poteen?

Sychad bach i'r drych . . .

Dyw eu meddwi byth yn broblem, mae'n bwysig cofio hynny.

Troi'r dwster yn ei llaw . . .

Ŵyr hi am yr hen, hen gred? Dim ond i chi droi eich cefn . . .

'They disappear – forever.'

Mae'r fenyw welw'n troi i agor drws y car.

Oh, I'm missin' you . . .

Mae'r gwynt o gyfeiriad Benna Beola'n fain.

Mae hi'n byseddu'r garreg . . . A'r llun – y styden, y carnation, y tei a'r siwt-a-wasgod . . . Y wên . . .

Mae hi'n troi ac yn camu at ei char.

y fenyw fach

Mae Llinos Tudur yn croesi draw o'r syrjeri i Boots.

Rhaid lladd amser cyn dychwelyd i moyn y moddion. Codi arian o'r twll-yn-wal, mynd â sgidiau at y crydd, prynu torth a chacen ffenest. Wrth fynd heibio i siop Oxfam, mae hi'n sylwi ar y fenyw fach yn syllu arni o silff ucha'r ffenest, yn unig a disylw yng nghanol y bric-a-brac i gyd. Mynd i mewn a gofyn am gael ei gweld. Mae golwg druenus ar y greadures: 'ôl tywydd y blynyddoedd', chwedl yr hen bobol. Tolc sylweddol ar ei thalcen, crac fel blewyn o dop ei het i odre ei phais-a-betgwn. Ond mae ei bochau'n sgleinio'n binc. Yn annaturiol iach.

Heb fargeinio dim mae hi'n taro'r arian cywir ar y cownter, yn gafael yn y cwdyn papur ac yn anelu am gaffi Clonc – bydd dishgled dwym a sgwrs yn mynd â'i meddwl.

Mae dwy fenyw'n sgwrsio ar y pafin. *"E's a bloody nuisance, Babs. An' I've told 'im, many times – 'e's got to get a grip!"*

Ta pwy yw'r un sy ar gyfeiliorn – gŵr, tad, mab? – cheith hi byth wybod. Mae'r ddwy'n diflannu i grombil *bendy bus.*

Mae'r caffi'n wag, heblaw am Laura'r wên angylaidd a'r clymau gwallt lliw eirin a'r trwch o bensil dros ei llygaid llwyd.

'Falch gweld ti, Mrs Tudur! Mae fi'n cael rhywbeth neis i ddangos i ti!'

Amlen wedi'i hagor; llythyr; academi yn Nottingham; ysgoloriaeth actio, ddechrau'r flwyddyn newydd.

'Wel, da iawn ti!'

'Dead chuffed, fi yn! Ffaelu aros. A fi'n promiso ti un peth definite – ti'n cael autograph fi pan fi'n famous! Coffi – same as usual?'

'Ie, diolch . . . Laura?'

'Laura Storm – tha's me. Star of film and television, toast of Broadway!'

Gwenu. Gwrando ar rŵn y peiriant coffi. Gweld y stêm yn codi at y nenfwd. Gwynto'r cysur melys.

'Laura – dere â dy lofnod – dy autograph – i fi nawr, fan hyn. A rho'r dyddiad arno fe.'

'Why's 'at?'

'Pan fyddi di'n actores enwog, fe gofia i am y funud 'ma, pan wedest ti'r newyddion da.'

Damo'r dagrau. Llinos, get a grip . . .

'Sori, Mrs Tudur – fi wedi ypseto ti?'

'Hapus odw i, Laura, drosot ti. Reit, dy lofnod?'

'Dim probs! Fi'n iwso'r hen receipt 'ma?'

'Perffeth – a'r dyddiad, cofia. Pwysig iawn – pan wertha i'r sgrap o bapur 'ma am ffortiwn!'

'Ti'n funny, Mrs Tudur. You do make me laugh, you do.'

Dros y ddishgled goffi, trafod trifia: actoresau 'aeddfed' – Judi Dench a Meryl Streep a Helen Mirren; y sgandals diweddara am Kate Moss a Michael Jackson; anorecsia a chyffuriau; stormydd mawr y dyddiau diwethaf; y credit crynsh, y crwcs MPs a'r byd yn dod i ben.

A'r amser wedi hedfan.

Llongyfarch eto, talu a rhoi tip – a chwtsh bach sydyn.

A'r 'Gweld ti eto soon!' yn atsain yn ei chlustiau.

Tynnu'i chot yn dynn amdani wrth anelu am yr Avenue a'r sgwaryn parc o dan y coed. Mae'r canghennau'n noeth ers storom neithiwr, a'r borfa'n slwj dan garped oren. Swisho'i ffordd drwy'r dail, a damio hen delyneg Crwys. Sefyll wrth y gât i wylio'r plant yn chwarae, y babis yn eu bygis, Mister Young o lawr y ffordd yn darllen papur ar y fainc, wiwer lwyd yn gwibio dros hen golfen braff. A haul yr hydref yn byseddu'i gwegil.

'*Name?*'

'Llinos Tudur.'

'*Please take a seat and wait.*'

Gynnau, yn y syrjeri, a hithau'n mynd i eistedd wrth y drws a chodi cylchgrawn a chadw llygad ar y cloc.

'*Mrs Mbakwe's next for Doctor Chaudhry.*'

Y ffôn yn canu; hen wraig gloff yn hercian at y ddesg.

'*Miss Assiz for Doctor Kim.*'

Y llencyn nesa ati'n carthu'i wddw; babi ar gôl ei fam yn gors o annwyd.

'*And then the Welsh lady by the door. Sorry love, I can't say your name.*'

Mae'r glaw yn pigo'i hwyneb. Wrth chwilota am ei hymbarél mae hi'n cyffwrdd yn y fenyw fach â'r bochau sgleiniog, annaturiol iach.

y gêm

Dwi'n gwbod be oedd ei gêm hi.

Ydw, erbyn hyn. Ond mi oedd hi'n gyfrwys, 'doedd? A finna'n dwp. Ac 'yn gofyn amdani', chwedl Cara.

Twpdra oedd tynnu'r map o'n rycsac a phori drosto yng nghanol bwrlwm Oxford Street. Rheol aur y twrist: peidiwch hysbysebu'r ffaith eich bod ar goll. Dim map, dim dili-dalian, dim holi dim i neb. Does wbod pwy sy'n sbio ac yn stelcian.

Ond roedd petha'n ddyrys y prynhawn hwnnw, a finna'n hwyr, ac wedi drysu rhwng gorsaf Oxford Street a Bond Street. Ac roedd Cara ar fy meddwl – doedd hi byth o'm meddwl i yr adag honno.

Yr adag honno? Mi fydd hi ar fy meddwl i am byth.

Fedra i ddim dallt sut fuish i mor dwp. Dwi 'di teithio digon, cael sawl profiad annymunol a dysgu drw' fistêcs – ysgol brofiad 'ballu. A dwi 'di gneud fy siâr o dwyllo bach fy hun: neidio amball giw neu fariar, cuddio yn lle-chwech rhag conductor trên, ffindio ffordd am ddim i mewn i Glastonbury a'r Steddfod – chwara-plant o giamocs.

A dwi'n dallt meddylfryd pic-pocet. Dallt yr ysfa – gneud ceiniog hawdd, chwara gêm beryglus, yr adrenalin yn llifo. A phob lwc i'r diawliad ddeuda i; twpdra twrists ydi'u bara-menyn nhw. A gêm 'di gêm.

A dwi 'di profi amball gêm sbectaciwlar.

Fenis, flynydda nôl, a Cara a finna'n ista wrth fwrdd y tu allan i *bizzeria* ar sgwâr fach dawal, rownd gornal o San Marco. Mi o'n ni 'di gneud y petha twrist mewn cwta ddeuddydd – gan gynnwys taith mewn gondola. Anghofia i fyth mo'r profiad hwnnw: Cara'n gorwadd nôl yn braf ac yn chwerthin yn yr haul. Cara ar 'i gora – ylwch, sbïwch ar y llun . . .

Mi o'n ni newydd orffan pryd o fwyd a photal o'r Frascati gora. Ac yn cyfri'n pres. Mistêc, dwi'n gwbod, ond mi o'n ni isio croesi i Burano drannoeth cyn mynd adra. Felly roedd rhaid gneud y syms.

Tri hogyn oeddan nhw, taclus, mewn shorts pen-glin. A sbectols haul, er ei bod yn naw y nos ac yn t'wyllu'n sydyn. Mi o'n i wedi sylwi arnyn nhw'n cerddad rownd – ar drywydd haid o genod, neu felly o'n i'n 'feddwl.

'Nos Sadwrn Bach yn Fenis!' meddwn i wrth Cara. A hitha'n chwerthin, ac yn addo, eto fyth, fynd efo mi i Gaernarfon.

'Rhyw ddiwrnod,' medda hi.

Rhyw ddiwrnod na ddaeth o byth.

Yn sydyn, mi oedd ei bag hi wedi mynd. Reit o dan ein trwyna. Y peth nesa oedd ei weld o'n fflio rhwng yr hogia fel pêl rygbi. Ffling ddeheuig rhwng y naill a'r llall ar draws y sgwâr, gweiddi '*Grazia, Signora bella!*', chwerthin – a diflannu. A finna'n rhwystro Cara rhag 'u dilyn yn 'i thymar. A dyna ni – y gêm ar ben.

Dim cweit. Strach oedd canslo'r cardia banc. Ac mi oedd y *politzia*'n bantomeim: deuawd swrth a swarthi – yn 'u sbectols tywyll – a gwn a phastwn yn hongian ar 'u beltia.

'*La borso!*' medda fi. '*Mi hanno rubato!*'

'*We speak Inglish*,' meddan nhw. A chodi'u sgwydda'n ddi-hid. A rhoi cerydd nawddoglyd i ni am fod mor dwp â gadael y bag ar ben y bwrdd. A chanmoliaeth sbengllyd am fod yn ddigon call i beidio ag ymyrryd – mae'r lladron '*della notte*' yn beryg bywyd. A chyngor i anghofio am y bag a'i gynnwys oedd bellach ar waelod y Grand Canal, siŵr iawn. Lluchio rhif y drosedd aton ni, a'n rhybuddio i ymddangos yn Swyddfa'r Heddlu drannoeth – '*Domani! Must be domani!*' – os oeddan ni am fynd ar drywydd siwrans. A diflannu nôl i'w car â'r swagr a'r swae rhyfedda.

Ben bora, swyddfa fyglyd, swyddog llond 'i groen â'i draed ar ben y ddesg yn ein llygadu dros ei sbectols haul – be 'di'r ffetish sbectols tywyll 'ma? Pentwr stwmps mewn sosar, mygia â staenia brown, y ffan yn rhygnu'n boenus a'r haul yn grasboeth drwy'r ffenestri uchel. A llygaid y cyfaill chwyslyd ar fronna Cara, a fynta'n sychu'i wegil a'r blewiach dan ei grys â hancas fudr. A'r broses o gofnodi'n cymyd oria – a dim gobaith mynd i Burano.

Soniodd Cara erioed am y pres siwrans. A ddaru mi ddim gofyn. Dwi'm yn gwbod pam. Un o'r myrdd dirgelion bach fuo rhyngon ni.

Mi welis i'r un tric sawl tro wedi hynny: ar y Metro ym Mharis, ar Subway Efrog Newydd ac ar stesion Gaer. Y dwyn hamddenol, y lluchio chwim a'r dianc a'r dathlu a'r gwawd. A neb yn meiddio gneud dim byd, rhag ofn.

Mae gin i reswm da dros gofio sgam y Gare du Nord. Cyrraedd yn gynnar y bora ar ôl artaith hir o daith: car o Aber i Gaerdydd, coach dros nos i Lundain, dwyawr ar stesion rewllyd Waterloo – dim seddi a dim coffi – ac roedd Cara fatha cadach erbyn cyrraedd Paris. Ond mi fynnodd fynd at y mashîn i godi tocynna i'r Gare de Lyon.

A'r tricstar yn dŵad ati a chynnig help – ac yn ei baglu hi o 'na â deugain Ewro yn 'i bocad. Anghofia i fyth mo'i hwynab hi – yn goch, gynddeiriog, ac yna'n welw, yn dalp o siom. Wynab hogan fach yn disgwyl i rywun afael ynddi a'i chario'n saff i'r gwely a'i mwytho nes 'i bod yn syrthio i gysgu. Mi nes i drio 'ngora i roi cysur iddi'r prynhawn hwnnw – a chael 'y ngwrthod. A'r noson honno yr un fath. A sawl tro wedyn. Nes imi stopio trio.

'Blinder' oedd 'i hesgus cyson yr wythnos honno: am 'i 'mistêc' yn y Gare du Nord, am 'i diffyg hwyl a'i chwyno am y tywydd oer a'r gwesty diflas. Rhyfadd. Fi oedd yn 'oer' a 'diflas', medda hi, wrth drio cyfiawnhau 'y ngadal i am byth. Mi ddyliwn i fod wedi dallt y cliws ym Mharis, a hitha'n eistedd fatha delw ar risia'r Sacre Coeur ac wrth fwrdd caffi ar y Champs Elysees, 'i hwynab yn hyll gan syrffad, ac yn honni nad oedd gynni egni i gerddad cam ymhellach.

Ddim *isio* cerddad oedd hi. Na chwerthin. Na charu. Na dim.

Ddim efo fi.

Barcelona wedyn – pam dwi'n mynnu'n arteithio'n hun fel hyn? – a dechra'r diwadd go-iawn.

Mi oedd petha'n weddol ar y cychwyn – cychwyn ein perthynas ta'r diwrnod enbyd hwnnw? Oes otsh? Poetsh 'di'r cyfan erbyn hyn. Ond dwi'n hollol siŵr o un peth: bod Cara a finna, rywbryd, wedi dallt ein gilydd.

Wedi caru'n gilydd.

Twyll. Fatha'r Sagrada Familia ddiawl. Dim byd ond cragan wag.

Sbïwch ar y llun: Cara yn y gwactar od. A dyma hi ar y Plaça Catalunya . . . Ac ar y porthladd, sbïwch, yn trio 'mherswadio i neidio ar y fferi draw am Corsica. Doedd petha ddim yn ddrwg y bora hwnnw. Nes mynd am Ffynnon Montjuic. Dyma hi, sbïwch, yn smalio yfad y dŵr hud. Dwi'n meddwl weithia – na, dim otsh.

Drannoeth, mi o'n ni'n minglo efo'r dyrfa ar Las Ramblas. Mi o'n ni'n wyliadwrus: yn cuddio'n pres a'n cameras, yn anwybyddu pobol oedd yn trio gwerthu trincets, yn cynnig tynnu'n llunia, deud ein ffortiwn neu'n smalio sychu cachu deryn ar ein dillad – mae hwnnw'n dric cyffredin. Na, mi o'n ni'n barod am unrhyw gêm amheus yng nghanol y bysgio a'r fflamenco a'r jyglo a'r 'cerflunia' – gofodwyr a milwyr a monstars a myneich, Diana ac Elvis a'r Beckhams, i gyd wedi'u rhewi mewn paent arian ac aur.

Mi oedd Marilyn Monroe newydd ddadrewi a chael mwgyn a diod o ddŵr. A'r llaw i bocad Cara mor gelfydd o ddi-dynnu-sylw. Ond mewn chwinciad, mi oedd hi'n gwibio drwy'r dyrfa ar drywydd pwtan fach o ladronas a finna'n 'u dilyn nes y diflannon nhw i aliwê gul yn ardal Raval . . .

A fan'no'r oeddan nhw, wrth ffenestri tywyll Hola Barcelona! – y lladronas, dau gawr, a Cara, fatha doli glwt. Pedwarawd o 'gerflunia' fatha'r rheini rownd gornal Las Ramblas, ddau ganllath ac oes hir i ffwrdd.

'*Fuck off, you English,*' medda'r cawr mwya.

'*Now!*' medda'r llall.

A mynd ddaru ni, nôl i gyfeiriad Las Ramblas y dawnsio a'r canu a'r ffrae ryfedda 'rioed.

Dwi 'di mentro yno eto.

'Mond unwaith.

'Rêl sycar', chwedl Cara.

Cerddad lawr yr aliwê, heibio i adfail yr Hola Barcelona!, wedi'i ddinistrio gan dân. Cerddad Las Ramblas – trïwch chi neud hynny heb gwmni – o'r Placa Catalunya lawr i Port Veil.

Sefyll wrth gornel y Theatre de Liceu. Cofio'r gynulleidfa'n gylch o'n cwmpas, yn annog a churo dwylo. I be oedd angan actorion a chlowns, a ninna'n cynnig cystal sioe?

Cofio swnian diddiwedd Cara: isio riportio'r lladrad, isio mynd i'r gwesty, i'r gwely, ond ddim efo fi. Isio cysur, isio cwmni – ond ddim gin i.

Isio hwn, ddim isio'r llall.

Isio popeth.

Isio dim.

Ond llonydd.

Oxford Street, y prynhawn hwnnw, a finna'n trio peidio meddwl, peidio poeni, yn fodlon cael 'y nghario efo'r dorf, cael 'y ngwthio'n ddidrugaradd – neu syrthio. Felly o'n i'n teimlo yn fy myd bach trist fy hun.

Roedd y jarffas 'di 'nhargedu i ers meitin, mae hynny'n amlwg. Rhwng y map a sbio ar fy watsh a ffidlan efo'r ffôn, mi o'n i'n gandidét go handi. Ond 'i dull hi oedd yn rhyfadd.

Mi o'n i wrthi'n diawlio Cara, yn gadal negas arall iddi. A chlywad tinc y fodrwy ar y pafin. A'i gweld yn rowlio rhwng y myrdd traed. A theimlo'r presenoldeb wrth f'ochr. Hi â'r croen lledr a'r ll'gada cobra a'r gwallt yn gudynna seimllyd, fatha hwd dros 'i gwar. Mi sbion ni'n syn ar ein gilydd; mi ruthrodd hi mlaen a chodi'r fodrwy a'i hastudio – cyn sbio ar y môr o gefna'n gwibio heibio.

A throi ata i, a'i dangos i mi'n llawn rhyfeddod.

Modrwy aur, un drwchus, drom.

Dwi 'di trio cofio'r sgwrs – rhyw betha amlwg fel 'O lle ddaeth hi?' a 'Be wnawn ni?' a 'Rhaid cael gafael ar blismon.' A hitha'n smalio sbio o'i chwmpas cyn siglo'i phen yn anobeithiol. A finna, heb sylweddoli 'mod i'n dilyn sgript, yn holi be ddylian ni neud nesa.

'*We could keep it,*' medda hi.

A'r '*we*' a'r winc a'r wên fach slei yn dechra canu clycha yn 'y mhen. A'r clycha'n clangio pan stwffiodd hi'r fodrwy yn fy llaw a chau fy nwrn amdani.

'*You take it.*'

Dwi'n cofio syllu'n anghrediniol arni; dwi'n cofio'i gwên o ddannadd pwdr. A dwi'n cofio gneud rhyw ymdrech i ymateb: rhyw 'Na, dim diolch; cadwch *chi* hi,' digon tila.

A hitha'n atab '*No! Evangelista!*' a dangos 'i bysadd a thorchi'i llewys a datguddio'i gwddw rhychiog i brofi mor ddiaddurn oedd 'i chorff. Dim modrwy na mwclis na breichled.

A'r cyfan yn afreal. A finna'n cael fy nhynnu mewn heb ddallt beth oedd 'i blydi gêm hi. Mi ges i un fflach o weledigaeth: 'Rhowch hi'n anrheg i rywun arall, 'i gwerthu, hyd yn oed.' Gwên, a gwasgiad llaw ges i'n ateb ganddi. A *'Good luck, my friend!'* Ac roedd hi wedi mynd, yn un o'r môr o gefna.

A finna'n sefyll yno fatha delw, a'r fodrwy yn fy llaw. Yn sylweddoli bod 'na rwbath drwg yn digwydd. A bod rhwbath gwaeth i ddod – ond ddim yn gwbod beth.

A'r cyfan o'n i'n medru'i neud oedd dianc mewn i siop, i gael fy ngwynt, i feddwl.

Naci'n tad, i guddio.

Siop chwaraeon, o'r dwsina dewis posib. Ac roedd rhwbath saff, cynhaliol yn y lycra a'r trainers a'r tracsiwts; mewn ogla petha newydd, glân, dihalog; a'r ffaith bod pobol normal wrthi'n siopa ac yn gweini, yn dŵad ata i a gofyn o'n i isio help. A finna isio gweiddi 'Oes! Dwi isio help i ddianc rhag rhyw jarffas sy 'di stwffio modrwy aur i'n llaw i, a dwi'm yn gwbod be i neud!' Dramatig, ella, ond dyna o'n i'n 'deimlo wrth guddio yng nghornel bella'r siop yn gwylio'r drws, rhag ofn.

'Rhag ofn' be? Y blydi fodrwy yn fy llaw! Ac ydw, dwi'n gofyn pam na 'nes i 'i lluchio hi ar lawr a gadael, dianc, mynd i ddal y trên i gwrdd â Cara? A dwi'n methu'n lân egluro, heblaw, fel deudis i, bod arna i ofn.

A dyma ofyn eto fyth – ofn be yn union?

Ofn gneud rhwbath rong.

Ofn cael fy nal.

Ofni fi fy hun – a phobol eraill.

Be ddaru mi oedd trio ffonio Cara. Eto. Isio'i barn, 'i chysur. Clywad 'i llais, 'i chwerthin, 'i bytheirio. Isio – o, whatefer . . .

Clywad dim ond llais rhyw ddynas robot. A'r munuda'n llusgo, a finna'n dal i guddio, yn dal i wylio'r drws o'r tu cefn i'r rhesi dillad. A dyma ddechra meddwl – 'mod i'n hollol wirion. Nad oedd 'na'm peryg. Bod y cyfan yn 'y mhen. 'Mod i'n colli 'mhwyll yn llwyr.

Pwyllo, rhestru'r dewisiada:

gollwng y fodrwy ar lawr y siop neu ei chuddio mewn pentwr dillad;

gofyn am help gin un o'r staff;

chwilio am blisman, deud y cyfan wrtho;

chwilio am siop jewelri ail-law;

dianc adra efo'r fodrwy.

A'r opsiyna hyn i gyd yn wirion. A dyma ddechra gweld yr ochor ddoniol; y medrwn i chwerthin am y cyfan, adrodd y stori ryfadd fel rhyw barti pîs. Meddylia call, ymlaciol – digon call, ymlaciol imi fentro sbio ar y fodrwy'n chwysu yn 'y nwrn.

Sbio arni'n hir. A dechra meddwl petha rhyfadd. Y medrwn inna chwara'r gêm yma. Gêm y ddynas cobra . . .

Fasa dim yn haws. Ac mi fasa'n lot o hwyl. Targedu rhywun-rhywun ar y stryd. Lluchio'r fodrwy dan ei draed. A'i ddal yn ffêr. Ac yna – beth? Dyna oedd y cwestiwn mawr. Be ddiawl fasa'r pwynt? Pwy fasa ar ei ennill? Ond be ddiawl fasa'r otsh? Mi fasa'r gêm yn ddigon.

A dyma ddechra chwerthin. Yn 'y mhen. Ac yna pwffian chwerthin. Ac yna rowlio chwerthin ar hyd lawr. Rhwng y rheilia'n chwerthin.

A'r gynulleidfa'n annog ac yn curo dwylo.

A'r dyn cap pig a sbectol dywyll yn dŵad yn strêt amdana i.

Be 'di'r ffetish sbectol dywyll 'ma?

A dyna ddiwadd ar y gêm.

Go iawn.

Ond dwi'n dal i chwerthin. Yma, efo'r ddiafolas cobra. Hi a fi, yn chwerthin yn ein dybla. 'Dan ni'n dallt ein gilydd, rŵan, hi a fi.

Mae Cara'n chwerthin hefyd. Sbïwch ar y llun! Cara ar 'i gora, mewn gondola yn Fenis. Sbïwch! Cara'n gorwadd nôl yn braf. Ac yn chwerthin yn yr haul.

A rŵan, gadwch lonydd imi.

Plîs.

ceiliog

Plasty llwyd. Ffenestri mowr. Pileri. Dringo lan y staere cerrig. Ffaelu ffindo drws. Balconi – yn edrych dros dir gwastad, gwlyb; ffosydd yn cris-croesi; defed, gwartheg; tyddynnod, eglwys, mynwent. A draw ar y gorwel, welydd y ddinas a thŵr yr abaty'n mystyn at yr awyr las.

Ffenest gilagored tu ôl i'r iorwg. Dringo drwyddi i oriel fowr â'i llond o lunie. Llawr marmor, nenfwd uchel. Cerdded i'r pen draw, drw'r dryse-dwbwl, lawr y coridor. Drws arall, mentro miwn i stafell gul. Sŵn dŵr yn diferu. Gole gwantan yn fflicran fel hen ffilm.

Ceiliog. Crib goch a chrechwen. Yn ishte ar y toiled. Yn shiglo'i goese. A winco. Cloc yn rhywle'n taro tri. Dychryn. Troi, a rhedeg nôl ar hyd y coridor a thrw'r oriel, mas drw'r ffenest a lawr o'r balconi i'r dreif. A hwnnw'n wag.

Dim car. Dim modd i fynd i gwrdd â Sara o'r ysgol. Panic. Dechre rhedeg – ddim yn siŵr i ble.

Limosîn yn glanio ar y tarmac. Fel rhyw Begasus, yn fflachio'i oleuade a wafo'i adenydd gwyn. A finne'n ca'l 'y nghario dros y ffosydd. Yn canu 'Mynd drot-drot'. A becso bod 'na ddim byd neis i de.

Hedfan uwchben map – dalen o atlas RAC. A'r cwbwl – ffyrdd, afonydd, rheilffyrdd – fel gwe odana i. Hofran dros Orton Meadows a Thorpe Wood – o'dd 'u henwe ar faneri mowr. Cylchu rownd y ddinas a'i harwydd 'Welcome to Peterborough'. Sgimo'r gatie, gweld yr enwe – Westgate, Midgate, Fengate – lawr at Rivergate.

A becso bo' Sara ar goll.

O'n nhw wrthi'n boddi gwrach. Yn ca'l ffwdan, a hithe'n stwbwrn. Yn mynnu dod i'r wyneb a phoeri a bytheirio. Ymbil ar 'i Duw bob-yn-ail â'i felltithio. A rhywun yn ca'l y syniad gwych o'i hwpo dan y dŵr â styllen. Ond lan â hi bob tro. 'Sach amdani!' medde rhywun arall. A 'na beth nethon nhw. 'I llusgo mas o'r dŵr, 'i stwffo miwn i sach gyda llwyth o gerrig a chlymu'i cheg. A'r cwbwl yn diflannu dan y dŵr. A phawb yn dawel, yn pipo lawr i'r dwfwn – nes i'r clapo ddechre. A wedyn dathlu mowr. A finne'n trio holi a welson nhw Sara? Ond neb yn cymryd diawl o sylw.

Rhedeg draw at Priestgate: merch yn sownd mewn stocs, yr wye clwc yn cynrhoni yn 'i gwallt. Cowgate: cigydd wrthi'n diberfeddu llo. Llond lloc o ŵyn a moch a gwydde'n disgwl am 'i dwca. Slumod a chwningod a gwiwerod a llygod bach a mowr yn gwingo ar fache rhydlyd. Queensgate: crocbren, corff yn crogi, tyrfa feddw'n dathlu. Talwrn, ceiliogod yn sbarduno'i gilydd at y byw. Arth wrth raff yn danso fel 'se'i dra'd ar dân. A'r Bwlring: tarw gorffwyll ar 'i linie, cŵn â'u safne am 'i wddw.

O'n i'n ffrantig. Dost. Hwdu i gwter ddrewllyd. Hwpo 'mhen dan bwmp a'r dŵr yn tasgu dros 'y ngwar. Codi'n llyged i whilo am yr haul. Dim sôn amdano fe. Dim byd ond welydd llwyd a thŵr yn mystyn at yr awyr las.

A Sara fach ar goll.

Llusgo draw at Westgate: troi i'r dde a dringo at y libart cul o fla'n y Bull. Mentro drw'r agoriad isel i stafell dywyll.

Gwyll. Gwawl goch. Dros y palis pren, y byrdde, y meincie, y llawr teils. Y cwbwl yn goch – gwalltie a wynebe'r yfwrs; 'u dillad brethyn, y cwrw a'r tancards, yr hebog ar dennyn. Y machlud drw'r ffenestri cul.

Sara – welsoch chi hi? Plîs – welsoch chi hi?

Na. Dim neb.

A o'dd ofon arna i.

''Na beth *o'dd* hunlle.'

Pam Peterborough? Fues i'm 'na eriôd.

'Reit, yn ôl yr RAC: *"The Bull Hotel: one of the oldest coaching inns in England."* A drycha, ma' 'na lun.'

Sa i'n credu hyn!

'Beth?'

Ma' ofon arna i. Yn enwedig ar ôl beth ddigwyddodd heddi.

O'n i'n hwyr. Parco'r car ar hast. Mynd at y drws – ca'l 'yn hala rownd y cefen. Rhedeg lan y staere. 'Sori, bois,' wrth Jeff a Julian. Lan 'to i'r balconi. Y derbyniad newydd ddod i ben. Trêpso draw i'r oriel – a llwyddo i ga'l digon yn y can. Datganiad y Curadur, CUs o'r llunie, darn i'r camera a vox pops. A'r wrap.

Tri o'r gloch. 'Mond cwarter awr i gyrredd gât yr ysgol a wynebu Mrs Hughes – 'Gofynnir i rieni fod yn brydlon!' Ar ben y cwbwl o'n i jyst â bosto isie pisho. Goffod rhuthro i ben draw'r oriel i whilo am dŷ-bach.

141

'Na pryd sylwes i ar y llun. Dinas ganoloesol. Gatie. Marchnad. Abaty. Tŵr.

'Yn mystyn at yr awyr las.'

Cer i weld y tipyn llun os nag wyt ti'n 'y nghredu!

'Ceiliog? Ar doilet?'

Ar bedestal. Yn watsho'r cwbwl.

'Crechwen? Swingo'i goese?'

'Nei di wrando? Plîs?

'Sori. Clatsha bant.'

Traffig trwm. A finne'n hwyr. Trio pwyllo, canolbwyntio. Teimlo'n dost. Troi bant o Western Avenue. Parco. Hwdu. Cymryd swig o ddŵr, arllwys y gweddill dros 'y ngwegil. A mla'n â fi. A Mrs Hughes yn cynnig panadol a phaned felys, whare teg. A Sara'n saff.

Ond wrth ddreifo sha thre, fe stopes i wrth oleuade coch. Rhai uchel uwch 'y mhen. O'n nhw'n towlu gwawl fach goch – dros Sara yn 'i sêt, y car gwyn o'dd nesa ata i, proffeil od y gyrrwr . . .

'Ceiliog?'

Plîs paid â wherthin. Ma' ofon arna i.

*

'Druan fach â hi.'

damwain

Mae'r car – Mercedes llwyd – yn llithro wysg ei drwyn dros erchwyn serth y cei, gan lanio yn y dŵr brown, bas.

Mae dau neu dri o lanciau'n neidio ato'n syth gan ofni'r gwaethaf. Ond mae'r gyrrwr a'i gyfeilles yn syndod o ddianaf yng nghrombil y dur tolciog, a does dim i'w wneud ond disgwyl am y dynion achub i ddod i'w torri'n rhydd.

Mae'r bobl sy'n hamddena ar y meinciau neu'n loetran ling-di-long yn gwylio'n llawn chwilfrydedd, yn tynnu lluniau o'r sioe â'u ffoniau poced gan sylwebu'n ddoeth wrth sglaffio peints a sglods a hufen iâ. Mae 'na guro dwylo wrth glywed sŵn seirennau'n agosáu, a 'Hwrê' fawr pan dynnir y dyn yn glir drwy'r to haul.

Mae hyn yn fwy o sbort na dydd regata! Na'r gystadleuaeth tynnu rhaff, a'r ddau dîm cydnerth yn wynebu'i gilydd dros yr harbwr, yn tuchan, llithro, syrthio – nes i'r trechwyr dynnu'r collwyr dros y lein i'r ymchwydd dwfn islaw. A'r siacedi achub a'r helmedau'n bobian fel mwclis lliwgar ar y dŵr.

''Na lwc, ontefe, bod y llanw miwn!'

Dim 'lwc' o gwbl, â'r cyfan wedi'i drefnu, rheolau manwl *Health and Safety* wedi'u cadw i'r llythyren.

Nawr, a'r Mercedes fel malwoden fawr yn sownd mewn mwd, a'r dyn yn sefyll ar y cei, a'i gyfeilles yn cael ei hwinsho'n saff, y siarad yw: ''Na lwc, ontefe, bod y llanw mas!'

Mae'r dyn yn gafael yn ei ffôn.

Mae'r fenyw'r ochr draw i'r lein yn disgwyl am ei alwad.

Lili

Dyw hi ddim yn siŵr.

Ond mae hi'n amau. Yno, yn eu cegin, wrth wylio'i gŵr yn paratoi swper iddyn nhw eu dau, mae hi'n amau'n gryf.

Mae â'i gefn ati wrth godi caead sosban i ychwanegu twtsh o halen a pherlysiau, a phlygu yn ei gwrcwd i agor drws y ffwrn a phrocio'r darnau cig. Fe'i gwylia'n sythu, yn torchi'i lewys ac yn sychu'i dalcen â chefn ei law, cyn plethu'i freichiau a syllu ar y llawr. A rhwbio sbotyn anweledig â'i droed chwith. A chodi'i ben i syllu ar y nenfwd, a thapio bysedd ei law dde yn ysgafn ar y platiau sy'n cynhesu ar y stof. A'r cyfan â'i gefn ati.

Mae hi'n cynnig sgwrs – sdim ots nawr am beth. Rhywbeth am ei diwrnod gwaith, yr oriau afresymol, pethau heb eu gwneud yn iawn, y problemau bach beunyddiol. Fe wna yntau synau bach cefnogol, cadarnhaol yn ôl y galw. A'r cyfan â'i gefn ati.

Distawrwydd, heblaw am y ffrwtian yn y ffwrn. Mae hi'n agor drws yr oergell, yn cynnig herio'r rheol aur 'dim alcohol ganol wythnos'. Pam lai? Mae gofyn canu'n iach mewn steil â diwrnod hir ac anodd. Ac mae'r plant yn cysgu, diolch iddo fe a'i antics doniol adeg bath a'i straeon erchwyn gwely. Ie, noson fach i'r brenin a'r frenhines heno. Swper, gwin – un o'r Chenin Blancs arbennig a brynwyd ar eu gwyliau ddiwedd

Awst. Ac yna, pwy a ŵyr? Falle y bydd y gwely'n gwahodd?

Wêl hi mo'i geg dynn na'r crychu talcen. Chlyw hi mo'i ochenaid. Y cyfan a glyw yw'r ffrwtian yn y ffwrn. Y cyfan a wêl yw tyndra'i gorff, y blewiach tywyll ar ei freichiau a'r patshys chwys o dan ei geseiliau.

A'r cyfan â'i gefn ati.

Hi sy'n agor y botel ac yn arllwys bobo wydraid mawr. Hi sy'n sibrwd 'Iechyd da!'. Mae yntau'n codi'i wydr ac yn sipian. Mae hithau'n canmol – 'Hyfryd, on'd yw e?' – ac yn cofio'r hen *Monsieur* bach comic yn y siop ryfeddol wrth y bont yn Chateaulin. Chwardda wrth gofio'r meddwad mawr y noson honno yn y *gite*. Elen Fwyn gynddeiriog yn disgyn lawr y grisiau gan fytheirio am 'Y gwarth! Ffor shêm!' A Siôn Swel yn ei dilyn yn ei bants. A'r cyhuddiad mor *bizarre*. 'Infedo'n sbês ni! Dod miwn i'n stafell wely, y cysegr sancteiddiolaf, y cythrel ewn! Y funud y diflannodd Siôn i bisho! A finne'n hanner noeth! A thithe'n ŵr i'n ffrind i! A cwnad 'da ti fel un tarw Wil Bryn Arian ar ddiwrnod mart Ca'rfyrddin!'

Mae hi'n chwerthin eto, yn yfed joch o'i gwin. Beth ddiawl oedd problem Elen Fwyn a Siôn y noson honno, yn palu'r fath gelwyddau? Siôn Swel, y diniweitiaf dan y nef, yn gocwyllt, gas? Y gwin, wrth gwrs. A rhwystredigaethau rhywiol Elen Fwyn. Am bantomeim! Y gweiddi cyhuddiadau meddw, llusgo'r plant o'u gwelyau – 'Dewch, blantos; y'n ni'n mynd sha thre!' – a'r ymadael mor ddoniol o ddramatig. A'r cyfan yn ddirgelwch mawr o hyd. Dŵr dan y bont, wrth gwrs, a'r cysylltiad wedi'i dorri'n llwyr. Trueni, hefyd . . .

Rhagor o win i'r ddau, ac yntau'n canolbwyntio eto ar y bwyd. Mae hi'n sylwi ar yr awgrym bach o gryndod yn ei ddwylo . . .

Oes, mae rhywbeth mawr o'i le.

Dyw hi ddim yn siŵr beth yw e.

Ond mae hi'n amau.

Mae'r bwyd yn ddiflas, glaear; y sgwrs yn brin a'r gwin yn gryf. A'r ofn yn cronni yn ei chrombil fel cymylau storm.

Fe'i gwêl yn syllu ar y ford o'i flaen, ei fysedd wedi'u clymu'n dynn am goes ei wydr . . . Joch arall, ac fe'i gwêl yn codi'n sydyn ar ei draed, yn casglu'r platiau ac yn crafu'r bwydach wast i'r bin. Clwtyn swta dros y ford, llwytho'r llestri, clic-clic-clic i'r peiriant, ac yna'r swish-swish-swish cysurlon.

A'r ddau'n ddywedwst yn eu cegin.

Hi sy'n torri'r garw.

'Shwt ddiwrnod gest *ti*, 'te?'

'Iawn.'

'Cadw mas o drwbwl, ife?'

'Ie.'

'Rhyw newyddion? Dim ffwdan gyda'r prosiect?'

'Na.'

'Y staff i gyd yn hapus â'r drefen newydd?'

'Odyn, grêt.'

Mae e'n yfed ei win i'r gwaelod ac yn arllwys rhagor. Ac mae hithau'n gwneud ei phenderfyniad.

Unrhyw funud nawr fe fydd hi'n gofyn – cyn i'r cloc uwchben y drws daro naw. Y cloc sy'n mynd sha-nôl, y wobr ddwl am ennill cwis teledu dwl ar noson fendigedig ddwl eu cyfarfyddiad cyntaf. Yr hen gloc dryslyd a daflwyd i'r bin sbwriel droeon ond a adferwyd bob un tro.

Daw i eistedd ati. Hanner troi tuag ati . . .

'Fe ges i ginio gyda Lili heddi.'

'O? Neis iawn. Shwt o'dd hi?'

'Grêt.'

'Yn sobrach nag o'dd hi nos Sadwrn, gobitho. "Ma'r Siglo 'ma'n ddansherus!" medde fi. "*Fatal!*" medde hi. "Cymer wydred arall! I ni ga'l dala lan â'r sgandals!" Cês yw Lili.'

'Ie . . .'

Gwaedd gyfleus y ddwyflwydd sy'n peri iddi frasgamu fyny'r grisiau. Mae'n ei magu'n dynn cyn ei gosod nôl yn fwndel cysglyd a mynd i eistedd yn y gadair siglo. A gwrando ar yr anadlu ysgafn. A chlywed y ffôn yn canu. A'i gŵr yn sibrwd yn eu cegin.

'Mae'n anodd siarad heno . . . Ie, bore fory. Hwyl nawr . . .'

Hwyl fawr, Lili. Ti'r hwyl. Ti'r dorch angladdol.

Mae hi'n sefyll wrth ddrws eu cegin.

'Ti'n 'i charu hi?'

Mae e'n troi ati.

'Odw, yn fowr iawn.'

'Ti'n hollol siŵr?'

Mae e'n hollol siŵr.

lwc

Yn lwcus iawn i fi, fe ges i'n sbario rhag y gwaetha.

Yn lwcus iddo fe, mae Delia, ei wraig newydd, yn dda â'i dwylo ac yn giamster ar y piccolo.

Ac ar ben y cyfan – y ceirios ar yr eisin – mae hi'n gwc ardderchog.

cytundeb

Mi gei di 'ngalw i'n fastard, Cariad, ond paid â 'ngalw i'n fas. Ocê?

Ocê.

Feidr Dywyll

Bu'n dywydd cyfnewidiol. Gwynt a glaw am dridiau; deuddydd oer a chlir, llwydrew'r bore'n drwch a Charn Llidi yn y pellter fel hen grair, yn ddisglair yn erbyn glesni'r awyr. Ond heddiw roedd hi'n anweledig – fel y 'copa anweledig' ar y ffordd yn ardal Slebech.

Heno, mae'r dre fel set ffilm am Jack the Ripper. Nudden rewllyd y Mis Du; yr hen niwl ar Ddyfed, heb fod ynddo hud. Mae gwaeth i ddod, yn ôl y rhagolygon: stormydd eira – y gwaethaf, medden nhw, ers degawd.

Mae ei stafell yn y gwesty'n wynebu'r sgwâr – a'i chroes Geltaidd a'i Draig Goch a'i gardd goffa. Mae'r torchau pabis yn drwch o hyd, a bu bois y cyngor wrthi'n sŵn a sbort yn plethu goleuadau o lamp i lamp. Mae'r Nadolig ar y gorwel.

Wythnos o glirio pen a cherdded yr hen lwybrau. Caer Fai yn y glaw, oedi ar drwyn Pen Pleidiau, a'r traeth islaw yn wag heblaw am ddyn yn taflu broc i'w gi, a hwnnw'n plymio'n wyllt i'r tonnau. Ac adlais lleisiau'r plant, a'r cof am ddyddiau braf. Anelu am Gaer Bwdi – ond gorfod ildio, y ddrycin wedi'i llethu. Drannoeth, Ffynnon Non a'r Trwyn Cynddeiriog a Phorth Clais, a dychwelyd ar hyd godre Clegyr Boia. Ddoe, a'r tywydd wedi codi'n braf, mentro i'r Porth Mawr a dringo i ben Carn Llidi – a phrofi'r wefr arferol: milltir o dywod melyn; a'r tu hwnt i Benmaen

Dewi, y clystyrau creigiau peryg. Heddiw, heibio i'r Morfa a chreigiau'r Crud a'r Ystafelloedd, draw i Solfach. Cinio yn y George, a dal bus dri am adre.

Heno, fel y gwna bob nos, mae hi'n cyfri'r grisiau cerrig at yr Eglwys: pedwar gris ar bymtheg ar hugain (ymarferiad ymenyddol da, fel Scrabble a Sudoku). Mae'r brain yn clwydo; mae goleuadau'n wincio yn y gwyll. Mae lamp ym mhorth yr Eglwys a gwreichion tân ym mhen draw'r fynwent – rhywun wrthi'n llosgi deiliach. Cerdded at y rhyd; croesi at Blas yr Esgob a'r un lamp egwan sy'n eich denu draw i'r Feidr Dywyll, heibio i'r tai llwyd sy'n llercian y tu ôl i'r waliau a'r llwyni uchel.

Ugain llath ymhellach, heibio i ambell ffenest olau, mae hi fel y fagddu. Ac fe deimla'r ias cyfarwydd. Eco'i thraed rhwng y waliau, siffrwd y dail crin, clecian brigau, ci'n cyfarth yn y pellter. A'r synau mwy annelwig o'r tywyllwch – helwyr y ddôl a'u hysglyfaeth – yn ei hanesmwytho yn ôl eu harfer.

Dod at y fforch, a'r dewis rhwng cerdded ar hyd ffordd gefn Traeth Mawr neu gadw i'r dde a chroesi'r afon nôl i'r dre. Does ganddi fawr o ddewis heno eto, gan ei bod yn nos a chan ei bod yn niwl. A chan ei bod yn unig.

Mynd i eistedd ar y fainc. Cofio, eto fyth, am y Dydd Gŵyl Ifan tanbaid hwnnw a'r ffordd yn 'gul gan haf' – disgrifiad fel llun dyfrlliw. Y cloddiau'n drwch o flodau a phlanhigion y gallai eu rhestru yn ei phen, yn Gymraeg a Saesneg a Lladin – ymarfer ymenyddol da. Ond does ganddi ddim amynedd heno.

Oedi i syllu ar y polyn lamp sy'n brigo o'r triongl

porfa rewllyd. Dwy fraich haearn yn cynnal un bylb gwantan sy'n taflu'i olau lawr drwy'r tarth i gronni'n gylchyn melyn wrth ei thraed.

Lamp fel crocbren.

Crocbren y Feidr Dywyll.

A chofia'r geiriau yn y gyfrol wrth ei gwely: 'Y *dialbren cyhoeddus a hebryngodd sawl truan o droseddwr at ei Brynwr.*'

Fe gofia'r union eiriau:

'*Ar ei gorau, roedd y broses yn un seremonïol, wâr. Y cerdded pwyllog ar hyd y Feidr i sŵn galarus cloch yr Eglwys; yr offeiriad a'i osgordd ar y blaen yn llafarganu, drwm yn curo, a'r dedfrydedig un yn ddewr, yn dringo'r ysgol yn ddigymorth, yn erfyn am faddeuant gerbron ei Dduw, ac yn edifaru am ei drosedd.*'

'Edifaru'. Mae hi'n gwenu, fel y gwna bob tro. Ac yn synnu, fel y gwna bob tro, bod y cyfan ar flaen ei thafod:

'*Ond os ymadawai ambell un â'r fuchedd hon yn urddasol, foneddigaidd, roedd ambell ddienyddiad yn ddienaid; gwthio, llusgo, gwawdio; gweiddi, canu, curo dwylo, sbort fel diwrnod ffair. A'r dihiryn – os dihiryn hefyd – yn rhegi a bytheirio, yn herio'r dorf cyn cael mwgwd dros ei lygaid a chadach dros ei safn a'i gicio a'i bwnio i fyny'r ysgol.*

Gwâr neu anwar y farwolaeth – cwymp anfoddog neu naid sionc – byddai'r gynulleidfa feddw naill ai wedi'i sobri gan y sioe neu'n barod am feddwad mawr i'w gofio.'

Mae sŵn yr afon yn ei haflonyddu, fel y gwna bob tro.

'Y sŵn daearol olaf a glywai'r gwingwr ar y grocbren. Sŵn Afon Angau yn ei glustiau, cwlwm rhedeg am ei wddf, a'i galon yn llawn braw.'

Mae hi'n codi, yn cerdded at y bont. Mae'n rhy dywyll i weld y dŵr islaw ond gall glywed bwrlwm gwyllt ei llif.

'I ble'r awn ni, felly?'

Ei lais, y bore 'ma, ar y sgwâr, yn gryg, yn daer.

'Dwi'n gyfarwydd iawn â'r ardal. Y clwb cerddad . . .'

Dolur ar ei wefus. Diferyn anghynnes dan ei drwyn.

'Annwyd?'

'Oes, drybeilig.'

Pesychad, sychu'r diferyn â chwlwm o facyn papur.

'Be am fynd i "rwla saff, diarffordd" – fel ddaru ni gytuno?'

Chwythiad chwyrn.

'Rwla ar lwybr y glanna'?'

A stwffo'r macyn i boced ei got ledr.

'Caer Fai 'di'r lle delfrydol. Traeth cysgodol. Mi fydd o'n wag yr adag 'ma o'r flwyddyn.'

Neb ond dyn a'i gi. Dim ond adlais lleisiau plant.

'Caer Fai amdani?'

A'r cof am ddyddiau braf.

'Pam na 'nei di atab?'

Tyrchu eto am ei facyn.

'A be 'di'r syllu hurt?'

Mae hi'n croesi'r bont, ymlaen at droed y rhiw.

'A lle ma'r ffycin matshys? Ti'n jibio, beryg. Na – dwi'n dy nabod di, y sguthan: sgin ti'm bwriad, nagoes? Celwydd ddeudist ti, yntê?'

Mae hi'n oedi, yn syllu dros ganghennau noeth yr allt, draw at dŵr yr Eglwys sy'n codi'n gadarn a chysurlon uwchben niwl y cwm. Dychmygu, fel y gwna bob tro, y pererinon yn ymlwybro, eu canhwyllau'n bobian rhwng y coed. Dychmygu siffrwd eu sandalau dros raean gwely'r afon, a su eu siantiau lleddf, cynhaliol wrth nesu at ben eu taith.

'Ti a dy "faddeuant" ddoe ddwytha ar y ffôn!'

Gall weld golau gwan 'y grocbren' o'r fan hon, fel matshen mewn tywyllwch.

'Y naid a roes ef, y naid.'

Mae honna wedi mynnu sleifio nôl, fel y gwna bob tro. A'r llun o'r llanc tragwyddol yn neidio o'i heno ym mreichiau'i roddwr mawr i'w dranc ar ddiwedd rhaff.

Ar riniog mynwent oer, mae hithau'n cofio'r heno honno nad yw mwyach ond atgof a hiraeth. A dim ond hisian *'Dwi'n edifaru'n enaid!'* yn ei chlustiau, fel y môr yn poeri heli.

Ar ben Rhiw'r Cwcwall syrthia'r manblu cyntaf ar ei hwyneb. Mae haenen ysgafn ar Stryd Non ac erbyn iddi gyrraedd at y gwesty mae trwch sylweddol dros y pafin a'r maes parcio.

Drwy ffenest ei stafell wely gwêl y sgwâr yn ei gogoniant cacen-eisin.

Mae hi'n dal i bluo'n drwm. A'r dafnau'n dawnsio yng ngolau'r lampau. A'r sgwâr yn wyn, wyryfol. A'r dref i gyd yn gaeth mewn amdo, yn dawel fel y bedd.

Twria ym mhlygion ei dillad isaf yn y cês. Bysedda'r blwch. A'i agor.

Ydyn, maen nhw yno'n saff.

Y rhaffau o gelwyddau.

Hanner nos, a phopeth yn dda.

hyfryd

(Pont-en-Royans)

(gyda diolch i Chris, a ddefnyddiai'r gair 'hydref', yn hytrach na 'hyfryd', wrth ddechrau ymgynefino â'r Gymraeg)

cyfnos haf ar lan afon werdd; deilen felen ar liain gwyn; dau yn syllu arni'n syn ac ar ei gilydd, eu gwefusau'n goch gan win, yn blasu rhin y foment; dau yn dechrau dirnad anwadalwch y gwanwyn hydref hwnnw yn eu hanes

siarad mewn damhegion

Roeddet yn gwenu'n uchel ar y ffôn.

'Dim neges – dim ond holi shwt ma' pawb-a-phopeth?'

Gwenais innau wên fyddarol a dweud bod pawb-a-phopeth yn dda iawn.

Diolch.